ロスヴァイゼ
「そこでその……ランベルトとの事で
相談に乗ってもらいまして」
そこにロスヴァイゼさんが
フォローを入れてくれた。
たしかにランベルト君の事だけど、
最初とは随分態度と反応が違うなあ。
いわゆるデレ期だねこれは。
ジョン・ウーゾス

Noswile Collection
それからは、今までしたことがないポニーテールや
編み込みお下げなどのヘアスタイルと同時に、
ロングのフレアースカートや、ワンピースやニットといった
普段は着ない服装を、飽きるまで着たおさせてもらい、
記念にデータをコピーしてもらったりした。

スクーナ・ノスワイル

「動くな侵入者。動けば殺す」
「ゆっくりとこちらを向け」
指示通りに後ろを振り向くと、
僕に指示を出していたのは、
180cmはある高身長で、
黒目の三白眼で鋭い眼光を放つ女性で、
その手には銃があった。
ゲルヒルデ

Author
土竜
Illust
ハム
03
キモオタモブ傭兵は、
身の程を弁える
わきま

『そうか、じゃあもう切るぞ。晩飯用に庭先の茄子を取ってきておかないと母さんに叱られる』

テロリスト退治の祝勝会を抜け出して早々に帰ってきたのは良かったが、まだ報酬が支払われていなかった。

少々ショックではあったが納得もできる。

別に伯爵が支払いを渋っているわけではなく、地元の警備体制やエネルギープラントの再始動の準備。

軍や政府関係との調整などでかなりてんてこ舞いになっているんだろう。

そのまま傭兵への報酬を無視するような人じゃないだろうからそこは気長に待っていいはずだ。

ちょうどいいから、2~3日はゆっくりする事にするかな。

そうして部屋に帰ってきたのは昼過ぎではあったが、部屋に帰ってまずすることは、掃除だ。

ゴミはないけどホコリが溜まるし、気分的に綺麗にしておきたいからね。

それが終われば次は買い出しだ。

今晩と明日の朝食、船に積んでおく水や清涼飲料やコーヒー、携帯食料なんかを買っておかないとね。

買い出しの時には、マンションの住人なら自由につかえる三輪のカートスクーターに乗って近くのマーケットに向かう。

近所にあるマーケット『グルミネックストア』は、地元では中規模のチェーン店で、ドロイドによる宅配や、生産者の情報閲覧、遠隔式ドロイドでの代理購入、情報支払い(データマネー)でのノンレジシステムなどの一般的なサービスを提供しているスーパーマーケットで、バラエティーに富んだお惣菜(そうざい)が人気の店だ。

でも最近は、闇市商店街のあの肉屋のを買ってしまっている。

ここのがおいしくないわけではないのだけど。

その店で必要なものを買い込むわけだけど、新商品があったりすると好奇心で買ってみたり、お気に入りがなくなっていてへこんだりと、刺激があってなかなか楽しい。

そうして必要なものを買い終わり、店を出ようとした時、小さな男の子が両親と手を繋(つな)いで店内に入って行った。

それを見た時、ふと両親の事を思い出した。

高校を卒業して、傭兵になってからも連絡は何度もしているし、映像通信(でんわ)で姿は見ているが、直接は会っていない。

会いに行こうとも思うが、傭兵という、ある意味真っ当ではない職にしか就けなかった自分が田舎に行っては、近所の人達（たち）にどんな後ろ指を指されるかわからない。

だから、仕送りとたまの通信（でんわ）だけにしている。

「かけてみるか……」

僕はマーケットの駐車場に行き、腕輪型端末（リスト・コム）で通信（でんわ）をかけた。

この腕輪型端末（リスト・コム）は画像がでるから相手の顔も見える。

『はい。ウーゾスです』

そうして画面にでてきたのは父さん、ジャック・ウーゾスだった。

父さんは僕と違い、やせ形で背も高い。

会社に勤めていたころは、女性の社員さんからは人気があったんじゃないかと勝手に思っている。

逆に母さん、ステラ・ウーゾスは、背が低めで、太っているわけではないがまるっとした印象がある。

つまり僕寄りだ。

「やあ父さん。いま、大丈夫？」

『どうした？　珍しいな』

久しぶりにみた父さんは、前と変わらず落ち着いた様子だった。

会社に勤めていたころは、いつも疲れていて何かに取り憑（つ）かれたような雰囲気だったし、濡（ぬ）れ衣（ぎぬ）

を着せられた時には生気すら感じられなかった。

　しかし会社を辞め、程よく都会で程よく田舎であり、父さんの出身地である惑星タブルに戻って田舎で農業を始めてからは、憑き物が落ちたように落ち着いた雰囲気になった。

　多分、色々なしがらみや責任が無くなったおかげだろう。

「ちょっとね。借金の方がどうなったか気になってさ。そろそろ完済出来る筈だと思うんだけど？」

『ああ。この前送ってくれたやつで、残りは１００万クレジット程になったよ』

「それはよかった。しばらくしたら、近々にやった仕事の報酬がはいるから、それで完済しちゃおう」

『それぐらいならこっちの稼ぎでなんとかできる。キャベツの収穫もすんで収入もあったからな』

「だとしてもこっちに払わせてよ。１日でも早く完済したほうがいいでしょ？」

『そうだな。わかった。頼む』

　元々が濡れ衣からの借金だ。

　いつ言い掛かりを付けられて残金を増やされるかわからない。

　そんなことをされないように、会社で父さんの味方をしてくれた人達が、そういう事に応じないまともな銀行にその負債を回してくれたので可能性は低いと思うが、なにがあるかはわからない。

　だから早いうちに完済する方がいいのは間違いない。

　それがわかっているので、父さんは静かに頭を下げ、僕の提案を受け入れてくれた。

「ところで母さんは？」

『午後の仕事が終わったら、お友達とカラオケにいったよ。カラオケダイエットとかいってな。以前私も連れていかれたんだが……疲れるだけだったよ……』

なんとなく恥ずかしいので、話題を変えてみたところ、アグレッシブな母さんの近況を、諦めのため息交じりに話してくれた。

「相変わらずだね母さんは」

疲れたって事は、それなりに効果があるんだろうか？

『お前はどうなんだ？　痩身治療ぐらいは受けれるだろう？』

母さんのダイエット行脚に呆れていたところに、父さんが意外な話を振ってきた。

痩身治療というのは、痩身薬を飲んで脂肪を強制燃焼させて痩せるというシロモノだ。

しかしその熱はかなり高く、約2日間は続き、さらには脂肪が無くなったことで伸びていた皮膚が収縮する期間を含めて、1週間は入院することになる。

その治療費はそれなりの額になるが、庶民でも払えない額ではない。

しかし問題は入院する必要がある事と、庶民の予約を貴族が奪い取る可能性が高い事だ。

悪質なところだと代金すら奪われるなんて噂がある。

「今のところ受ける気はないかな」

だから興味はなかった。

『そういうところは母さんに似たな』

「身長は父さんに似たかったよ」

父さんは180㎝ぐらいあるけど、僕は170㎝に足りなかった。

そのあたりは本当に父さんに似て欲しかったかな。

『お前のほうは元気でやってるのか?』

「まあね。無茶な仕事は引き受けないようにしてるし」

『借金が終了したら連絡するから、一度帰ってこい。近所の評判は気にしなくていいからな』

どうやら僕が、近所の評判を気にして帰って来ないのを察していたらしい。

やっぱり父さんには敵わないね。

「こっちの予定があえばね」

『そうか。じゃあもう切るぞ。晩飯用に庭先の茄子を取ってきておかないと母さんに叱られる』

「僕もこれから晩飯だから失礼するよ」

そう言って双方が通信を切る。

ふう。やっぱりこういう電話は緊張するな。

部屋でかけていたら、なんとなく恥ずかしい空気が漂うからマーケットの駐車場でかけて正解だったな。

そうして部屋に帰り、自分で作った夕食を食べているときに、普段かかってくることのないゴンザレスから映像通信がかかってきた。

奇しくも、テロリスト退治に出発する前とは逆の状況だ。

『よう。生きて戻ってきたみたいだな』

「まあね。それで、そっちから電話なんて珍しいね」

深刻な表情はしていないから、何か不幸な話ではないのだろう。

『実は今日、クルスの奴に出くわしてさ。明日ヒマだから改めて会わないかって話になったんだよ。で、お前ならそろそろ戻ってないかと思って連絡したんだけど、どうだ？』

そういえば明日は休日か。

傭兵やってると曜日の感覚が無くなるんだよね。

「ちょうど休みにした所だから大丈夫だ」

『じゃあ、明日10時に駅前の「プレイスターハウス」な。クルスには俺の方から連絡しとくからさ』

「了解」

各人とは出くわしたり仕事をしにいったりしているが、3人そろうのは久しぶりだ。

ちなみに『プレイスターハウス』というのは、僕等の学生時代から行きつけのゲームセンターだ。

アナログなレバー&ボタンの筐体から、脳波でコントロールする筐体、フルダイブVRシステムの筐体などを取り揃え、タイトルも最新からレトロ名作まで揃っている。

店も大きく、雰囲気も明るく、用心棒みたいなごつい店員もいるため、不良っぽいのが居ないありがたい店なんだよね。

「そういえば、あの時の会合とやらはどうなったの?」

出発前に情報を貰おうとした時の電話の内容を思い出し、軽く尋ねてみたところ、

『聞いてくれよ～マジでセクハラ三昧でさ～～』

相当に打ちのめされたらしく、愚痴を吐き出してきた。

毎度世話になってるから、たまには愚痴くらい聞いてあげようかね。

「さてと。軽く昼食でも食べてから、『アニメンバー』にいくとしますか！」

昨日は結局、1時間たっぷりとゴンザレスの愚痴を聞かされた。

まあ、普段愚痴を聞く方だろうから、たまには聞いてやるのもいいだろう。

幸い僕もゴンザレスも酒は飲まないので、早めに切り上げられた。


そして翌朝の午前9時55分。

駅前の『プレイスターハウス』の前で、僕はゴンザレスとクルス氏を待っていた。

それから3分しないうちに、

「よう」

「おう」

ゴンザレスがやってきた。

黒のパンプスに赤系のぴったりしたパンツ、白のブラウスという、いつも白衣の下に着ている格好の上に、ブラウンのコートを羽織っていた。

「クルスの奴はまだみたいだな」

そして10時になる寸前に、

「よし。時間ぴったり」

クルス氏がやってきた。

こちらはスニーカーにジーンズにポロシャツ。明るい白系のジャンパーという格好だった。

金属のマスクとグローブは赤と黄色という、どこかで見たことのあるデザインだった。

「じゃあまずは、『鬼殺しの剣』の蝶華しのぎさんと観弥寺美月さんのフィギュアゲットからだ！」

「いきなりかよ！」

「あとは『こんすば』のマイヤ様の御神体フリソデドレスバージョンはマイアス教徒としては絶対にゲットせねば！」

店内に入るやいなや、そう宣言しながら、ゴンザレスの突っ込みを無視して、クルス氏はクレーンゲームに突進していった。


それから50分後。

結局クルス氏は、総額1万７０００クレジットをつぎこんで、蝶華しのぎ・観弥寺美月・マイヤ様フリソデドレスバージョン。

そして、ソーシャル育成シミュレーションゲーム『SpeedQueen スピードクイーン！　ザ・プラネットレース』のキャラクターで、近々放映されるアニメでの主人公に抜擢(ばってき)された、マローナ・グリシアの祝勝会ドレスバージョンを手にいれた。

その後は、久しぶりの対戦ゲームやレースゲーム。メダルゲームなんかを楽しんで、昼食の時間を多少過ぎてから店をでた。

「くっそー！　あそこで回避さえできていれば……」

「ゴン氏はターンのタイミングが甘い。その点ウーゾス氏はさすがですな」

「生死に関わるからね。しかし、クラッシュや撃墜されても怪我(けが)ひとつしないのはありがたいね」

最後にやったドッグファイトのゲームは、クルス氏からの提案だった。

「さてと。軽く昼食でも食べてから、『アニメンバー』にいくとしますか！」

学生時代、休日にゲームセンターで遊ぶときには、昼食時の混雑を避けるために、正午をたっぷりと過ぎる時間まで遊び、飲食店がすき始めたころに昼食をとるというのがパターンだったのだけれど、それを成人した今でも、なんとなくやってしまっていた。

「じゃあどこか適当に……」

その時、有名なお洒落(しゃれ)なカフェチェーンが視界に入った。

その瞬間、僕を含めた3人は表情が固まった。

「あそこはないかな」

「ないな」

「ないねえ」

学生時代に、このお洒落なカフェチェーンに3人で入ったことがあった。

その時、店員や店内の客達が、僕達を睨み付けた気がしたのだ。

『お前らみたいなオタクが、こんなお洒落カフェに入ってくるんじゃねえよ！』と。

もちろん店員も客も何も言わないし、僕達の方を見てもいなかった。

いま考えると、僕達がただ気後れしていただけなのだろうけれど、その時は本当にそう思ったのだ。

さらに、早く品物を受け取って帰りたいと思っていたところに、あのアロディッヒ・イレブルガスが女の子を大勢引き連れてやってきて、『おい。なんで陰キャ共がこんなお洒落な店利用してんだよ？』と、絡んできて、嫌な思いをしたのもあって、このお洒落なカフェチェーンが苦手になり、それ以降は近寄らないようにしている。

コーヒーは美味しかったんだけどね。

そんな理由もあり、僕達は馴染みのファストフード店に入ることにした。

端からみれば、明らかにオタクな僕に、金属の頭と腕の男に、眼鏡美人という異色の取り合わせだから、さぞかし目立つだろう。

特にゴンザレスが。

元の身体なら目立つことはないだろうけれど、今の奴は非常に目立つ。

まあ、それが原因で友人をやめるなんて事は絶対に無いけどね。

そうしてそれぞれ、バーガーやドリンクを注文して席に座ると、クルス氏が僕に声をかけてきた。

「そういえばウーゾス氏。この前の惑星テウラのテロリスト鎮圧には参加したので？」

「ああ。なんとか生き延びてきたよ」

帝国中に報道されたニュースだから知っていて当然だし、僕が傭兵（ようへい）なのだから参加したと考えても当然だ。

「じゃあ、『深紅の女神（クリムゾン・ゴッデス）』を見たりできた？　もしかして会話が出来たりしたとか？」

てっきり、報酬はいくらぐらい？　とか聞かれるかと思ったけど、興奮気味に聞いてくる内容が、美人と噂（うわさ）の女傭兵の話とは、流石（さすが）僕の友人だ。

「通信で姿を見たり声を聞いたりはしたけど、個人的に話したりはしてないよ。てかできるわけ無いじゃん」

「だよな――」

僕が正直に事実だけを話すと、クルス氏も簡単に納得した。

クルス氏も僕と同類なので、あんなキラキラした人に話しかけられるわけはない。

その事はお互いによく理解している。

僕とクルス氏がうなだれると、ゴンザレスがクルス氏に話をふってきて、

「そういえば、治療の方はどんな具合なんだ？」

クルス氏の怪我の状態を尋ねた。

医療に携わる人間としては、何かと気になるらしく、火傷痕（ケロイド）に効く軟膏（なんこう）を紹介していたくらいだ。

するとクルス氏は真剣な顔になり、

「実はさ」

左腕のグローブを外す。

そこには、火傷痕（ケロイド）の一切無い、綺麗（きれい）な左腕が現れた。

「一昨日（おととい）には、腕が両方とも完治したんだよ！」

嬉（うれ）しそうな声を出しながら、右腕のグローブも外した。

そこにも同じように綺麗な右腕が現れた。

その両方の腕は、今まで何年間も日の光にあてられていないために真っ白ではあったけれど。

「それはよかった！　おめでとう！」

「なんで隠してたんだよ！」

僕もゴンザレスも、友人の怪我の完治を喜んだ。

「いやー。まだ顔のほうが完治してないから、もしかしたら再発する可能性があるかもしれないんだよ。それに、なんか着けてないと落ち着かなくて」

どうやらまだ完全ではなく、通過地点だったらしい。

それでも、友人の傷痕が少しでもなくなるのは嬉しい事だ。

「そういえばゴン氏はいつ身体を元にもどすので？」

自分の心配をしてくれたお返し？　とばかりに、クルス氏がゴンザレスに尋ねたところ、

「戻す場合は元の身体の証明とか、色々必要だし、何より費用がな……」

クルス氏の質問に、ゴンザレスはポテトをくわえながらそう呟く。

そうは言うが、完全に自業自得だ。

「自業自得。というか、会合の司会っていう嫌な仕事があるにも拘わらず、元の体に戻りたくないからって、医療施設で使う滅菌洗浄カプセルを買ったお前が悪い」

僕は、以前に聞いた元の身体に戻れない理由を突きつけた。

「計算違いがあったんだよ。会合自体は月一で、勉強会も兼ねてる。司会は資格取得から10年内の若手が務める事になってるから、俺が次にやるまでには後1年はあったんだけど、何人かが辞めたり亡くなったり10年経過したりとかで、順番が早まったんだよ」

ゴンザレスは、自分の計算が狂ったために起こった現状に、後悔の念しかないようだった。

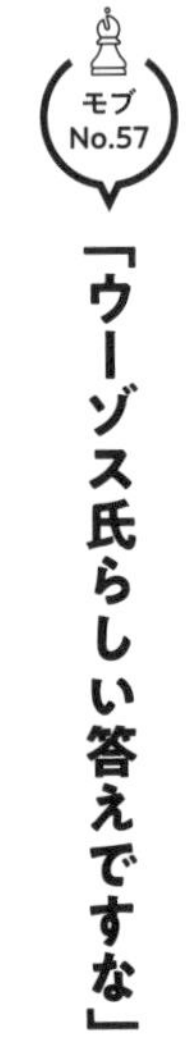

「ウーゾス氏らしい答えですな」

昼食を食べ終われば次に行くところは決まっている。

「『ノイジープラネット』のリメイク版のデータカードが早く出ないかなー」

「いや、放映始まったばっかりだからまだ無理だって。『鬼殺しの剣（つるぎ）・夢廓（ゆめくるわ）編』ならあるっしょ」

「『パイレーツ・ストローハット』と『霊柩（れいきゅう）のフリーライズ』の新刊はいつだっけ?」

アニメショップ『アニメンバー』を始めとした様々なショップがひしめき合うこの星のオタクの聖地・マシトモビルに向かい、漫画・小説・アニメ・同人誌の購入だ。

3人で好きなアニメや漫画の話を取り留めなく話し合う時間は堪（たま）らなく楽しい。

社会人としてはダメなのかもしれないが、止（や）められない。

今、『アニメンバー』ではコミックフェスティバルの新刊同人誌の委託販売が始まっているため、その辺りの購入がメインの目的だ。

さらには併設するリサイクルショップ『せいざばん』にも足を運び、掘り出し物の同人誌を探し回る。

他にも様々な店をハシゴし、基本的に買い物だけなのに4時間は費（つい）やしてしまった。

おかげで全員の欲しいものが手に入り、にこにこしながらマシトモビルを後にした時にはすでに夕方になっており、仕事帰りの人達が、帰路についたり飲みに行ったりする時間になっていた。

僕らは3人ともアルコールは飲まないし、買った漫画や小説を早く読みたいのもあって、帰路につくべく最寄駅に向かっている時に大きな声が響いてきた。

見ると、逆さにしたビールケースの上に40代ぐらいの男性が立っていて、肩掛けのスピーカーを手にして街頭演説をやっていた。

そしてその後ろのパーテーションには、勇ましい感じのポスターが何枚も張ってあり、何人かの男女がチラシを配っていた。

「なんだあれ?」

以前には見たことのない光景に、思わず声が出た。

「侵略された祖国を独立させようとしてる集団だよ。皇帝陛下が弱腰の今こそ独立して、あわよくば帝国を滅ぼそうとしてるらしい」

クルス氏がそう説明するので、演説の内容を聴いてみると、確かに間違いなく、『今代の皇帝は弱腰だから、今のうちに植民地になっていた国は決起して独立しよう』というような内容だった。

「クーデターとか起こしそうだな……」

「傭兵としては稼ぎ時になるのでは?」

演説を聴いて、ぽつりと漏らした一言に、クルス氏が真剣な雰囲気を醸し出しながらそう尋ねてきた。

たしかに、あの内容を聴く限り、クーデターが起きる可能性は非常に高い。

傭兵の僕としては稼ぎ時だ。

しかし僕の答えは決まっている。

「ごめん被り(こうむ)たいね。小規模な海賊退治や輸送船の護衛や貴族同士の小競り合いの方がマシ」

「ウーゾス氏らしい答えですな」

僕は職業上強制的に徴兵される可能性もあるだけに、クルス氏なりに心配してくれたのだろう。

そこに、落ちていたチラシをみつめながらゴンザレスが驚愕(きょうがく)の一言を放ってきた。

「うちの近所にもこのポスター貼ってたな……」

「あそこに?」

「なんと無謀な!」

僕とクルス氏は思わず声を上げてしまった。

ゴンザレスの近所、すなわち『闇市商店街』は中二病御用達(いたいひとごようたし)の商店街。

有名企業や政府関連のポスターを張ったとしても、翌日には、この方が格好いいだろうとばかりに、剝がされたりビリビリになっていたりするのは日常茶飯事。

場合によっては、より中二病(イタイ)な感じにリメイクされていたりする。

しかし最近は企業側も考えたもので、この商店街に張るポスターだけ、初めから中二病チックなものを使用しているらしい。

例：栄養ドリンク剤→肉体の限界を超えさせる魔獣の体液

その闇市商店街にポスターを張るとはなかなかに度胸がある人達だ。

「まあ翌日には、例の肉屋の『白濁に溺れし海獣の繭・降臨！『沈黙を生みし紅殻』と『無限にて永遠なる紅殻』！』の張り紙に侵略されてたけど」

やっぱりだお。

しかもその内容から察するに、カニとエビのクリームコロッケだな。

相変わらずあの肉屋さんは攻めてるね。

今度ゴンザレスのところにいくときは試しに買ってみよう。

ネーミングはともかく、あそこのコロッケ類は本当に美味しいからね。

そんな楽しい休日を楽しんだ翌日。

僕は傭兵ギルドにむかい、先日のテロリスト退治の報酬を受取りにいった。

普段は報酬の1／3を借金の返済にするのだが、今回は半分を送る事にする。

それにより、父さんが不当に背負わされた借金は元金利息含めて全額の返済が終了する。

これでやっと肩の荷が下りるというものだ。

「今回の報酬は４００万クレジット。受け取りはいつものでいいか？」

しかしそのいただくはずの報酬がなんだかおかしなことになってる。

普通なら２５０～３５０万クレジットほどなのに、ずいぶんと割り増しになっている。

「なんか額が違う気がするんだけど？」

不安になったのでローンズのおっちゃんに尋ねたところ、

「派遣だか駐屯だかの兵隊が迷惑かけたんだろ？　その辺の詫(わ)びって言うか、あんまり騒がないでくれっていう賄賂みたいなもんだろ」

「軍法会議になったんだから、騒がないでくれって言われても無理があると思うけど」

「くれるってんだから貰(もら)っとけ。１人や２人じゃねえんだから横領の濡れ衣を着せ(どろをかぶせ)られることもねえだろうよ」

不安なような納得できるような曖昧な答えが返ってきた。

まああのイコライ伯爵だから、傭兵の僕らを罠(わな)に嵌(は)めるようなことはしないだろう。

「じゃあ今回は全部情報(データマネー)で。あと、これを受けたいんだけど」

そう言って、さっき見つけておいた小規模海賊退治の依頼書を提示した。

「大金が入っても労働か。頭が下がるよ」

「いつお金がいるかわかんないからね」

「それで、安全第一のショボい海賊退治か」

報酬を受け取り、依頼の手続きと必要な情報を受け取ると、ギルドを後にしていつもの銀行に行き、受け取った報酬の半分を父さんの口座に振り込んだ。

実は傭兵ギルドの建物内にもＡＴＭぐらいはあるのだけれど、ＡＴＭを使うということは金があるという事なので、金に困ってる連中がたかりにくるため、誰も使用しないのが実情だ。

現在は撤去が提案されているらしい。

そうしてまたギルドに戻ると、そのまま『パッチワーク号（じぶんのふね）』に乗り込み海賊退治に出発した。

ちなみにそいつらの情報は、多分ゴンザレスに聞いたとしても情報がでてこないぐらいの雑魚なのでギルドからもらった情報だけで十分だ。

でも、油断だけは絶対にしないようにしないとね。

「700クレジット。現金オンリーな」

出発してから半日で、依頼にあった小規模海賊が出現する宙域に到着した。

奴らはこの宙域からあまり離れずに仕事をしているため、近辺にアジトがあるのは明白だ。

辺りを軽く流してから近くのサービスエリアに聞き込みにいってみよう。

そう思っていたのだけど。

なんと、2時間ほど流したところでアジトらしい小惑星を発見してしまった。

取り敢えず呼び掛けてみるが反応がない。

どうやら仕事にでもでているらしい。

小惑星の近くには隠れることのできる場所がないので、小惑星にマーカーを取り付けてからサービスエリアに向かってみる。

もしかしたらそこで、仕事が成功したことでの祝杯でも挙げているかもしれない。

ここから一番近いサービスエリアは、惑星ルゴにあるサービスエリア群だ。

惑星ルゴは、綺麗なピンク色をしたガス惑星で、見た目は綺麗だけど、惑星内の大気温度は摂氏240度を超え、さらには酸のようなものが含まれているため大気内に突入すると大変危険だ。

しかし、いわゆる『映えスポット』なためサービスエリアが大量に存在している。

その中で海賊が祝杯を挙げられそうなのは、一番の老舗である『サービスエリア・コンカ』だけだ。

塗装も所々剝げ、年季が入っているのがよくわかる。

エネルギースタンド・トイレ・レストラン兼バーだけというシンプルなもので、観光客は寄り付かず、荒くれ者の輸送業者や傭兵(ようへい)がよく利用している。

そのため海賊も交ざりやすいわけだ。

さらには、普通の人間なら賑(にぎ)わいのあるサービスエリア群のすぐ側(そば)なんかには海賊は居ないだろうと考えてしまうというのも一種のカムフラージュになっている。

そうして中にはいると、輸送業者や傭兵と思われる連中が食事や酒、仲間内での下らない話を楽しんでいた。

僕は隅っこの空いていた席に座る。

すると、人工皮膚と機械の部分が継ぎ接ぎ(パッチワーク)になった女性型のアンドロイドが注文を取りにきた。

「注文は?」

「いらっしゃいませ」もなければ、愛想もまったくないが、手付きだけは丁寧にメニューを渡してくる。

その内容は、バーガー・ホットドッグ・サンドイッチ・フライドポテト・フライドチキン・ボイルドソーセージ・マッシュポテト・ミックスナッツ・ジャーキー・ピクルスといったジャンクフードか酒のつまみばっかりで、飲み物もコーラと水以外は全てアルコールという、荒くれ者御用達な内容だった。

　もちろんサイズなんて選べない。

　まあこのラインナップじゃ一般の人は来ないよね。

「バーガーとフライドポテトとコーラを下さい」

「酒は？」

「あとからもらいます。食事の時は飲まない主義なんで」

　一切飲まないっていうと周りの連中に絡まれそうだったから、とっさにそう答えた。

　彼女は僕の注文を聞くと、「かしこまりました」も言わずにさっさと引っ込んでいった。

　料理がくるまでに店内を見回してみる。

　祝杯を挙げてるらしい人達はいたがターゲットはいなかった。

　しばらくして、「お待たせしました」の言葉もなく注文したものがテーブルにおかれ、

「７００クレジット。現金オンリーな」

　愛想のない口調で代金を請求してきた。

　客質的に、食べた後にお出口で精算するなんてのをしていたら、食い逃げしてくれといっている様なものだからこういうシステムになっているのだろう。

僕が1000クレジット硬貨を渡すと、彼女は腰につけていた革製のポシェットから現金を取り出し、

「ツリの300クレジット」

そう言って僕に差し出したので、受け取ろうと手を差し出したのだけれど、彼女は僕の手に落とそうとはせず、ちらちらと視線を合わせてきた。

ああ、なるほどね。

「お釣りはどうぞ……」

「あらーいいんですかーありがと――♪」

彼女の意図を理解してお釣りを差し上げると、いままで見せなかった笑顔を見せ、可愛らしい声をだして釣り銭を自分のポケットにネジ込み、僕のテーブルを後にした。

最初、彼女をアンドロイドだと思ったのだけれど、実は身体をサイバー義肢にした人間なのかもしれない。

とにかく注文したバーガーを食べることにする。

意外にもバーガーもポテトもなかなかの品質で、店や客や店員の雰囲気が苦手じゃないならここを選んで食べに来てもいいかもしれない。

そうやってバーガーとポテトとコーラを堪能していると、明らかにガラの悪そうな、しかし小物感満載な2人組が店に入ってきた。

1人は背が高く、もう1人は背の低い、いわゆるデコボココンビというやつだ。

そして彼らが、僕の探している小規模な海賊に間違いなかった。

なにしろ彼等は、通信画面で堂々と顔を晒し、『ハンズ・ブラザーズ』と称して自分達の恐ろしさを喧伝していた。

そのためギルドの資料にバッチリと顔写真が載っていたのだ。

もちろん、この顔をわざと晒してから、顔を変えている可能性もあったが、しっかりとそのままの顔だった。

『ハンズ・ブラザーズ』は、僕の2つとなりのテーブルに座り、

「ビールとソーセージとチキンを2つずつだ！　いそげよ姉ちゃん！　遅えようなら、その尻をひっぱたいてやるからな！」

「俺達『ハンズ・ブラザーズ』に気に入られりゃあいい思いさせてやるぜ！　金はたんまりあるからよぉ！」

と、例の無愛想な彼女に、無礼極まりない言葉を投げ付けながら注文をした。

会話の内容を聞くに、どうやら一仕事終えてきたところらしい。

連中が僕に気がつくわけはなく、呑気に成果を自慢しあっている。

ここで襲撃して捕獲してもよさそうだけど店に迷惑がかかるし、あの彼女がなんとなくおっかない感じもするので、止めておくことにする。

すると例の彼女（ウエイトレス）が、連中の所に料理をもってきた。

「1万2900クレジット。現金オンリーな」

しかしその料金が法外だった。

ビール中ジョッキ1杯500クレジット。

フライドチキン1皿6個900クレジット。

ボイルドソーセージ1皿5本750クレジット。

合計2150クレジットの2人分で4300クレジットだから、1万2900クレジットだときっちり3倍だ。

多分色々と無礼千万なセリフを吐かれたのが癪（しゃく）に障ったのは間違いなく、その表情は不機嫌そのものだった。

その彼女（ウエイトレス）の態度に『ハンズ・ブラザーズ』の2人が黙ってるわけがない。

「ビールとソーセージとチキンが2人分でそんなにするわけねえだろうが!?」

「ざけんなよこのアマ！　わからせられてえのか！」

『ハンズ・ブラザーズ』の2人はそれなりに強面（こわもて）ではあるものの、最初に言ったように小物感満載なため荒事になれた人ならさして恐ろしくはない。

「アタシへの慰謝料込みなんだよ！　さっさと払いな！」

なので、荒事に慣れ親しんでいる感じで拳を鳴らす動作をしている彼女（ウエイトレス）は、まったく恐れていなかった。

　むしろその迫力に押されていた。

　その迫力はかなりのもので、周りの客までもが恐れ戦（おのの）いていた。

　もしかしたら彼女は用心棒も兼ねているのかもしれない。

「くっ……くそっ！　こんな店で祝杯を挙げようとしたのが間違いだったぜ！　帰るぞ！」

「残念だったな！　死ぬほど儲（もう）けられたのによ！」

　偉そうな捨て台詞（ぜりふ）をはきながらも、彼女（ウエイトレス）の迫力にビビりながら、『ハンズ・ブラザーズ』は逃げるように店からでていった。

　僕はすぐに、残っていたバーガーとコーラを平らげると、頼むはずだったアルコール代の１０００クレジット硬貨をバーガーの皿の下に置いてから店をでると、『ハンズ・ブラザーズ』の後を付けることにした。

　さっきの小惑星が本当に連中のものか確認するためと、捕獲時に他者の邪魔が入らないようにするためだ。

モブ
No.59

「あー。私に女性に縁がないのは納得ずみなんで、止まってくれますかね？　止まらないなら撃ち落としますよ？」

ハンズ・ブラザーズの船である、円錐を2つつなげたようなクリーム色の宇宙船にビーコンを取り付ける事になんとか成功し、サービスエリアを出た二人組の後を距離を空けてついていった。

幸いそれ以降はどこにも寄らず、あの小惑星に向かっていった。

連中が小惑星に接岸するために速度を落とした瞬間を狙って、連中の船の噴射口を破壊するべくビームを発射した。

しかし当たる直前に、向こうの機体が不意に動き、外してしまった。

もちろん二人組は即座にエンジンを吹かして逃亡を図った。

無駄だとは思うが呼びかけてみるかな。

「海賊の『ハンズ・ブラザーズ』だな！　大人しく捕まった方がいいと思うけど!?」

『ふざけんな！　俺達は泣く子も黙る「ハンズ・ブラザーズ」だぞ！　誰がテメエみたいなオタク野郎に捕まるかよ！』

『俺達は女の方からよってくる。お前みたいなオタク野郎には一生縁はないだろうけどな！』

画像有りで話しかけたので、向こうには僕のオタクな顔が、こちらには、ゲラゲラと下品な笑い声をあげながら、解りやすい大言壮語を吐く、傭兵ギルドじゃ、兵士階級の依頼になっている、とげとげしい服装のデコボココンビの姿があった。

「あー。私に女性に縁がないのは納得ずみなんで、止まってくれますかね？　止まらないなら撃ち落としますよ？」

『撃ち落とせるもんならやってみな！』

じゃあ遠慮なく撃たせてもらおう。

しかし、小惑星に接岸する時同様にかわされてしまった。

『テメエ！　危ねえだろうが！』

「やってみろって言ったのは自分でしょうに！」

『兄貴の腕はすげえんだぞ？　さっきもくしゃみしながらテメエのビームを避けたんだからな！』

あー、なるほどね。

何となく自分に通じるところがあって親近感が湧くけど、捕まえないといけないので、

「じゃあ当たるまで撃てばいいですかね？」

数撃てば当たるとばかりに何発かビームを発射したが、かわされてしまった。

『うわっ！　こらっ！　止めろテメエ！』

そうして彼等は全力で逃げた。

どうやら向こうの方が多少速いらしく、離されないようにするのがやっとだった。

ときおりビームで牽制も兼ねて噴射口を狙うも、多分幸運で、器用に避けられる。

そうして30分ほど追いかけ続け、今度こそと思ってトリガーを引いた瞬間に、中型戦闘艇、いわゆる駆逐艦らしき船の残骸が僕と連中の間に入ってきた。

ビームはその残骸に命中。

その残骸を避けるべく、減速と方向転換を余儀無くされた結果、連中に距離を空けられた。

すぐに残骸を回避し、連中の逃げた方向にむかった。


しかし5分ほど進んだところで、とんでもない事態になった。

なぜか艦隊に出くわしてしまったのだ。

『そこの小型戦闘艇に告げる！　これより先はアルティシュルト・ビンギル・オーヴォールス公爵閣下の直轄領地だ！　これ以上進むようなら不法侵入者として排除する！』

まあ絶対に勝ち目はないので、メインエンジンを止めて船を停止させた。

「こちらは傭兵ギルドの者です。現在海賊を追跡中で、その海賊が公爵様の領地に侵入した可能性がありまして」

『今のところ発見の報告はない。発見した場合は我々が処理する』

応対しているのは明らかに貴族な中年の男で、多分この艦隊の司令官だろう。

僕を汚いものでも見るように睨み付けていた。

まあこんな些細（ささい）な事に腹を立てる必要もない。

「了解しました。では捕縛・撃沈をしたら、警察か傭兵ギルドに御一報くださるとありがたいです。それと、必要なら海賊の情報もお渡し致しますが……」

『よし。寄越（よこ）せ』

そうして情報を渡すと、

『うむ。もういいぞ。さっさと行け』

シッシッ！　と、犬を追い払うような仕草をされ、

「はい。では失礼致します」

なんとか無事に解放された。

ハンズ・ブラザーズ（あのきょうだい）が公爵の手下ってことはないよねえ。

だとしたら余りにもお粗末だし。

まあ、公爵の指示だとしたら切り捨てぐらいはするだろうし、深入りは止めておいた方がいいかな。

取り敢（あ）えずギルドに連絡して、あの小惑星を買い取って貰（もら）うかな。

『はい。傭兵ギルド・イッツ支部のローンズだ』

「あーもしもし。騎士階級（ナイトランク）のジョンです。実は『ハンズ・ブラザーズ』を追跡中だったんだけど、連中がアルティシュルト・ビンギル・オーヴォールス公爵閣下の直轄領地に逃げ込んでしまって追

跡不可能になっちゃって」

『公爵領地？　おいおい。まさかあんなザコが公爵と繋がりがあるのか？』

「そこまではわからないけど、公爵閣下の私設軍隊に通せんぼされたからね。おとなしく引き返したよ」

『ごねても、下手すりゃ命が危ないからな。賢明だ』

「依頼は失敗。でも連中のアジトは押さえたから買い取りよろしく。これ座標ね」

『了解した。気ぃつけて帰ってこいよ』

「うーす」

依頼は失敗だけど、公爵家という不可抗力のためにペナルティにはならないし、あの小惑星を買い取ってもらえばそれなりの額にはなるだろう。

しかし。通信を切った次の瞬間、危険信号が鳴った。

慌てて舵を切ると船体のギリギリをビームが通っていった。

マルチカメラで確認すると、グラントロス社製の戦闘艇、G-22『バステス』が2機。

それぞれ白地に赤と、白地に青のカラーリングで、船体には紫で描かれた犬の顔のエンブレムがあった。

彼等が『ハンズ・ブラザーズ』でないのは間違いないが、オーヴォールス公爵家からの口封じの刺客だとは断言はできない。

そうしているうちにも、2機は互いに上下左右を入れ換え続ける、曲芸飛行のような軌道をしながら接近し、断続的にビームを撃ってくる。

相当な腕がないとできない芸当だ。

冗談じゃないお！

公爵領に入ってもないし、ヤバいものを見た記憶もないのに殺されちゃたまらない！

取り敢えず取れる手段の一つは、アジトの小惑星まで逃げること。

そこまでいけば回収の船が来ているかもしれない。

でもまあ多分させてはくれそうにないよね。

燃料も『ハンズ・ブラザーズ』を追いかけたせいでかなり減っているだろう。

だったら、動けなくしておいてからのほうが安全だ。

とはいったものの。

ビームは雨あられと飛んでくるし、離れたり重なったりして動きが読みにくいったらない。

今のところなんとかかわしているけど、このままだと燃料がジリ貧になる。

すると2機はいきなり左右に分かれ速度をあげた。

挟み撃ちをするつもりだなと感じたので、僕は咄嗟に機体を右に倒し、機首をあげ・機体下部にある姿勢制御用のスラスターを一瞬だけ全力噴射・メインブースター停止を、タイミングを合わせて同時に行う『撃墜騙(だま)し』を利用して右に行った青い方に機首を向け、だいたいの位置にビームを放った。

牽制になって挟み撃ちを崩せればと思ったが、偶然にも方向転換中の青い方の胴体と噴射口(ノズル)に当たって、青い方は方向転換をしきれずにそのままの方向に進んでいった。

そしてそのまま大きく旋回して方向転換を終えた赤い方の背後になんとかまわりこみ、噴射口(ノズル)を破壊できた。

そして降伏勧告をしようとした時、彼等のコクピット部分からカプセル状のものが露(あらわ)になった瞬間、ものすごい速さで小惑星のある方向とは逆方向に射出された。

どうやら『高速射出式脱出カプセル』を搭載していたらしい。

たしか結構なお値段の代物だったはずだ。

取り敢えず命の危機は去った。

この2機は、証拠と戦利品を兼ねて曳航(えいこう)していくことにしよう。

たしかロープとフックはあったはず。

船に乗るときは常に宇宙服を着ているから、船外活動をしなくてはならない時に着替えの手間がかからなくていい。

それにしても、青い方がやられた後赤い方が青い方に無防備に近づいて行ってくれて助かった。

そのおかげでなんとか生き残る事ができたからね。

「完膚なきまでに叩きのめすのが当然でしょう!?」

小惑星と戦闘艇を買い取ってもらった後は、家に帰って即爆睡だった。

それにしても、警告に逆らわずさっさと引き返したし、なんにも見たりしてないのになんで襲撃してきたんだろう?

なんかヤバイものでもあるのかねえ。

まあ公爵家からの刺客だと断定できたわけではないけど、その可能性は限りなく高いだろうなあ。

とはいえ、僕みたいなのが下手に首を突っ込むとろくなことにならないだろうから、再度襲われない限りは放置がいいかな。

主人公なら勇猛果敢に公爵に挑むんだろうけど、僕みたいなモブが突貫したら瞬殺だからね。

とにかく明日には査定ができてるだろうから、受け取ったら『アニメンバー』に新刊と同人誌でも買いに行こう。


翌日。

疲れがまだ抜けきってない感じがしながらも、なんとかギルドにやってきた。

「お疲れだな」

「理由もわからず襲撃されたらこうなるよ」

いつも通りローンズのおっちゃんに手続きをお願いする。

「ともかく依頼は無効。確保した小惑星を改造した建築物と、グラントロス社製G‐22『バステス』2機の買い取りはこんなもんだ」

おっちゃんが詳細を見せてくれる。

小惑星を改造した建築物は341万クレジット。

『バステス』は、帝国軍の主力機では無くなったもののかなり人気の機体なのもあって1機で407万クレジット。

合計1155万クレジットにもなった。

取り敢（あ）えず現金は流石（さすが）に怖いし、全額情報（データマネー）で貰（もら）おうかな。

「じゃあ、全額情報（データマネー）で」

「わかった。しかし今回は随分大台に乗ったな」

「その分疲れたけどね……」

そんな話をしていると、

「ちょっと！　なんで海賊退治に失敗した奴（やつ）があんなに報酬をもらってるのよ!?」

隣の席から大声が響いてきた。

そちらに顔を向けると、ピンクの長い髪をポニーテールにした僕よりは年齢が少し下ぐらいの美人が、パーテーション越しにこっちを見つめていた。

「隣の人は海賊本人は捕獲できなかったものの、アジトだった小惑星を改造した建築物と、その帰り道に襲撃してきた『バステス』２機を鹵獲して売り払ったんです。だから報酬というよりは買い取り額なんですよ。

それに、依頼は失敗ではなく無効。海賊はオーヴォールス公爵の私設警備艦隊が撃沈。遺体も回収したと警察と傭兵ギルドに報告がありました。それより席に着いてください。それと、今の貴女の行為は完全にマナー違反ですよ」

そしてさらに、隣からはアルフォンス・ゼイストール氏の怒っている感じの声が聞こえてきた。

しかしピンクの女性は席には座らず、そのままゼイストール氏に抗議を続けた。

「依頼の事情はわかったわ。しかし私が海賊をきちんと退治した時には、海賊の船を買い取ってくれなかったじゃない！」

あ。今『きちんと退治した』って所を強調したお。

「貴女の場合は、毎回完全なスクラップ状態なので買い取りが出来ないんですよ」

「完膚なきまでに叩きのめすのが当然でしょう!?」

「それじゃあ買い取りは無理ですね」

「ぐぬぬ……」

しかしゼイストール氏の説明に、ピンクの女性は悔しそうな表情を浮かべる。

するといきなりこちらを睨み付け、

「あんたみたいな、海賊退治なんかろくにできそうにないクズが高額な報酬を受け取るんじゃないわよ！　『バステス』もどうせ海賊のアジトに置いてあっただけでしょう！」

と、罵声を浴びせてきた。

他人の書類を覗いた上に、初対面の僕をクズ呼ばわりしてきた。

はっきりいって失礼極まりない人だ。

そして絶対面倒臭い人にまちがいない！

「そうだ！　ちょっとクズ！　『バステス』を私に寄越しなさい！　帝国軍の元・主力機なら私が乗るのにふさわしいもの！」

案の定、どっちがクズなんだと言いたくなるセリフをたたきつけてきた。

「悪いがそれは無理だな。すでにギルドが買い取ってるからこいつの手元にはない。それに破損箇所の修復をしないと使用は出来んぞ」

ピンクの女性の言葉に、ローンズのおっちゃんが呆れながら答えたところ、

「だったらあんたが買い戻せ！　そして完璧に修理して私に寄越せ！」

非常識極まりないセリフを僕に向かって言いはなった。

「アコ・シャンデラさん。それは明らかな恐喝行為です。今すぐ止(や)めないなら、警察への通報からの逮捕。後(のち)に傭兵資格の剝奪と実刑への直滑降になりますが？」

そこに、ゼイストール氏の穏やかだけど間違いなく怒っている声が聞こえてきた。

アルフォンス・ゼイストール氏は、最初は有能な美少女受付嬢として人気がでた。

しかし格闘技の実力に加え、不真面目だったり問題を起こしたりする傭兵に対して容赦がないため、『秩序の姫』なんてあだ名がついているらしい。

その迫力に戦(おのの)いたのか、理不尽を押し付けてきたピンクの彼女はおとなしく席に座った。

「とっとにかく報酬を寄越しなさい！　それから昇級試験の申込書も！」

ゼイストール氏の迫力に怯(おび)えつつも必要なものを受け取ると、僕を睨み付けた後、そそくさとその場を後にした。

僕・ローンズのおっちゃん・ゼイストール氏は大きくため息をついた。

「お前。なんで反論しなかったんだ？　『バステス』は間違いなくお前が撃墜(おと)したのに」

「あの人、ユーリィ・プリリエラ(ヒーロー君)とおんなじタイプだから話なんか聞かないでしょ。いきなり殴り付けて来ないだけマシですけど」

「思考はそれ以上だったがな」

僕とローンズのおっちゃんがピンクの人に驚愕(きょうがく)していると、ゼイストール氏が話に入ってきた。

「それに。あの人ちょっと問題児なんですよ……」

「なんかあったのか？」
「あの態度や言動もそうなんですが、さっき昇級試験の申込書を持っていったじゃないですか。でもあの人、昇級資格に達してないんですよ」

傭兵ギルドの昇級試験。

つまり司教階級（ビショップランク）に上がるための試験を受けるには2つの条件がある。

①騎士階級（ナイトランク）であること。

まあこれは当たり前のことかな。

②『戦闘』『退治』『護衛』『警備』それぞれの依頼を、最低10件ずつ完了させていること。

失敗・無効はノーカウント。

『戦闘』は、いわゆる貴族同士の争いなんかの戦争のことで、『退治』は、海賊や先だってのテロリストを捕縛撃退させるとかのことだ。

もし戦争や海賊退治の依頼が発生しなかったり少なかった場合は、傭兵ギルドの規定の一つにある、

『傭兵ギルドの傭兵は、1年の間に最低4回は、確実に戦闘が伴う依頼（勢力同士の武力衝突・海賊退治など）を受けなければならない。
　突発的に発生した場合も換算する。
　ただし、確実に戦闘が伴う突発的な戦闘が発生しなかった場合はこの限りではない』

という条件を適用し、『護衛』や『警備』の依頼を多くこなす必要がでてくる。

ちなみに試験があるのは騎士階級（ナイトランク）から司教階級（ビショップランク）に上がる時だけで、女王階級（クイーンランク）には功績で昇級できる。

王階級（キングランク）の場合は、女王階級（クイーンランク）であることと、傭兵ギルドの総本部総帥（グランドマスター）と、最低限3人のギルドマスターの承認、報告されている功績の調査、本人の素行調査の後（のち）、総本部総帥（グランドマスター）を含めた6人のギルドマスターとの面談を経て、合格すれば王階級（キングランク）をなのることができる。

「十分満たしてそうな感じでしたけど？」

「階級は騎士階級（ナイトランク）にたっしています。でもあの人、『護衛』や『警備』の仕事を『そんなものは低能な連中のする事だ！』って言って1つもこなしていないんですよ。だから受験資格が無いって言ってるのに何度も申請してくるんです」

ゼイストール氏はさらに深くため息をついた。

ランベルト・リアグラズ＝イキリ君みたいにとんでもない成果をあげて、上からの推薦がある場合ならともかく、普通はそれを満たしていない場合は受験すらさせてもらえない。

司教階級（ビショップランク）からは、むしろ『護衛』や『警備』の依頼のほうが頻繁なのに、どうやらあのアコ・シャンデラという人はその辺りを理解していないらしい。

「困った人ですねえ……。じゃあ僕はそろそろ失礼します」

しかしはっきりいって僕にはどうしようもない、そして関係のない話だ。

彼女が金銭や物品を要求してきたら、即座に警察に通報だな。

「おう。気ぃつけてな」

「大変失礼しました」

ローンズのおっちゃんとゼイストール氏に見送られ、ピンクの人に見つからないように傭兵ギルドを後にした。

さて、『アニメンバー』に行って嫌な気分を吹き飛ばすかな！

☆　☆　☆

【サイド：アコ・シャンデラ】

なんなのよあの女！

優秀だっていうからせっかく使ってみてやったのに！

恩を仇(あだ)で返すってこのことよね。

せっかくあのキモオタからお金も機体も献上させようと思ったのに！

そもそもどうして私が司教階級(ビショップランク)になれないのよ！

普通は私くらい優秀なら、飛び級で一気に司教階級（ビショップランク）になるものなのに、どうしてそうならないのよ!?

間違いなく皇帝陛下（あのおんな）がこの私を妬んで、邪魔してるにちがいないわ！

それにしても遅いわね。コーヒー1杯にいつまでかかってるのよ！

「お待たせいたしました」

「遅い！」

「きゃっ！」

私は平民のウエイトレスがテーブルに置こうとしたコーヒーカップを払いのけた。

床に落ちてカップが割れるが知ったことではない。

「コーヒー1杯ぐらいさっさと持ってきなさいよ！　これだから平民の利用する店は嫌なのよ！」

この『ランディットコーヒー』という店は、平民が利用している店の中では高級と聞いていたけど、所詮は平民の店でしかなかったわね。

「も、申し訳ございません。でも、提供まで2分もかかってないのに……」

「口答えするんじゃないわよ平民の癖に！」

平民のウエイトレス風情が私に反論するなんて許せない！

私が席から立ち上がり、この平民ウエイトレスの脚を撃ち抜いてやるべく銃を抜いた次の瞬間に天地が逆転し、私は背中から床に叩き付けられた。

「うぐっ！」

そして手から銃がもぎ取られ、その銃口がこちらに向けられた。

「いい加減にしなさい。それ以上暴れるなら容赦はしないわよ」

「フィアルカ・ティウルサッド……」

私を投げ飛ばし、銃をもぎ取り、銃口を突き付けてきたのは、私と同時期に傭兵になった癖に、いつの間にか私を抜いて司教階級（ビショップランク）になっていたティウルサッド子爵家のフィアルカ・ティウルサッドだった。

「貴女、給仕される時間も待てないの？」

「あの給仕の女が遅いのが悪いのよ！」

「2分もかかってないようにみえたけど？　それに、緊急事態でない限り、街中で銃を抜くのは違法なのは知ってるでしょう」

「貴族は例外よ！」

「貴族でもよ。先代の皇帝陛下が施行（しこう）された法律を知らないわけはないでしょう」

「知らないわ。あんな悪法に従うなんて冗談じゃない！」

本当に忌々しい。

皇帝陛下（あのおんな）の先代（ちちおや）が施行した愚かな法律のせいで、貴族は貴族らしい生き方ができなくなった。

そのせいで男爵だった私の御父様（おとうさま）は、政府に濡（ぬ）れ衣（ぎぬ）を着せられて失脚してしまったのよ！

するとふ意に、ティウルサッドの後ろから、メイド服姿のアンドロイドがでてきて、

「御嬢様。この方は既に貴族ではありません。シャンデラ男爵家は3年前に爵位を剝奪されています」

ティウルサッドにいわなくても良い情報を伝えていた。

そのアンドロイドの表情が、私を蔑んでいるようにしか見えなかった。

許せない！

どうして私がこんな惨めな思いをしないといけないのよ！

人前で転ばされて、自分の銃をうばわれてその銃口を自分に向けられて！

許さない！　絶対に思い知らせてやる！

でも今は、銃を取り返して反撃の準備を整えないと……。

「わかったわ。もうなにもしないから銃を返してくれないかしら？」

「妙な真似をしたら容赦はしないわよ」

「わかってるわ……」

私は、ティウルサッドとアンドロイドが離れるのを確認してから立ち上がる。

そしてティウルサッドが私に銃を差し出して来たので、受け取った瞬間に引き金を引いてやろうとした瞬間、

「御嬢様が、『妙な真似をしたら容赦はしないわよ』と忠告しているのをお忘れではありませんよ

ね？」

アンドロイドが私の真横に立ち、銃を手にしようとした私の手の上に手を置いた。

おそらく私が引き金（トリガー）を引こうとすると、確実に私の手を握りつぶしにくるはずだ。

しかたなく、私は銃を手に取ると、おとなしくホルスターに納めた。

「ちゃんと代金とティーカップ代を払って行きなさいよ。あと彼女に謝罪をしなさい」

ムカつく！

どうしてあんな女が私より爵位や階級が上なのよ！

爵位はともかく、傭兵としての階級が下なのは本当に気に入らない。

私はティウルサッドと人形（アンドロイド）を睨み付けたあと、代金とティーカップ代を払い、店を出た。

「ちょっと！　彼女に謝っていきなさい！」

後ろでティウルサッドがなにかわめいているが、しったことではない。

イラつく。なにか良いことは起きないかしらね……。

「なのに、愚鈍な権力者はそういう時に限って、焦って余計な事をするから失脚をするんだよ」

☆　☆　☆

【サイド：第三者視点】

アルティシュルト・ビンギル・オーヴォールス公爵が所有する、有人惑星タンネムット。

その惑星内のとある場所にある、公爵邸の敷地内の一角に存在する広い温室で、植木鉢に如雨露（じょうろ）で水をやっている作業着姿の老人の下（もと）に、きっちりとした身なりの執事らしき男が姿を現す。

「閣下。ご報告がございます」

「なにかな？」

閣下とよばれた老人は、植木鉢に水をやりながら返答する。

「数時間前に捕らえた2人組ですが、先だっての傭兵（ようへい）が提出した資料どおり純粋に海賊でした。傭兵ギルドを通じて警察から賞金をかけられております」

「ほう。となると、その2人組を追ってきた傭兵は、本当にその2人組を追いかけてきただけということか……。だとすると、こちらの『不手際』で申し訳ない事をしてしまったな」

「その『不手際』で放たれていた『猟犬』が撃墜されて戻ってまいりました。機体は放棄したそうです」

「あれを殺さない様に落とすか……その傭兵は随分腕が立つようだな」

公爵は水をやるのを止めて、如雨露を元の場所に戻しにいく。

「いかがいたしましょう？」

「放っておけ。なにもするな。向こうとしては、追っていた海賊が貴族の領地に入り込んで警備隊に止められた。なので、海賊の処理を警備隊に任せて引き下がった。という真っ当な理由しかない。こちらも、公爵領に勝手に入るな。賊はこちらで捕まえるという真っ当な理由しか言っていない。捕まえた海賊を警察に引き渡せば、流石は公爵家の警備隊だと感心して話はそれで終わりだ」

公爵は如雨露を棚に戻すと、ティーセットの用意してあるテーブルに座り、自分でカップに紅茶を入れた。

「なのに、愚鈍な権力者はそういう時に限って、焦って余計な事をするから失脚をするんだよ」

公爵は自ら入れた紅茶を口にする。

「相手側は、よくある事だと怪しみすらしていないのに、疑心暗鬼に駆られ、配下に命令して相手側を襲ったりしたら、わざわざ自分達は怪しいですとアピールするようなものじゃないか。もう一度だけ言うぞ。なにもするな」

終止穏やかな口調だったが、最後の言葉には力がこめられていた。

「かしこまりました。『猟犬』にも言い付けておきます」

「あれはいい『猟犬』だ。そして言われるままに狩りに出た『猟犬』に罪はない。

私の『猟犬』を勝手に狩りに使用した警備隊長は、明朝までに更迭しておいてくれ」

「かしこまりました」

穏やかに紅茶を飲む公爵に対し、執事は深々と頭を下げた。

☆　☆　☆

【サイド：猟犬】

「くそっ！」

オーヴォールス公爵邸の敷地内にある使用人宿舎の一室で、ヘルメットを床にたたきつける音が響いた。

「ごめんなさい姉さん。私のせいで……」

「あんたのせいじゃない……相手が私達より上手だっただけよ」

パイロット用の宇宙服を着た、10代後半と思われる2人の人物が、ベッドに座って深く項垂れていた。

「まさか反応されるとは思わなかった……。今度会ったら絶対に撃墜してやる……」

「難しいかもね」

「どうしてよ姉さん！」

「あいつは多分手加減してた。私達の船の噴射口を潰して、私達を尋問するために」

「！」

片方を姉と呼んだ妹の方が、親指の爪を噛みながら怨嗟の声をあげるが、姉によって窘められる。

その指摘に妹も驚愕し、より強く爪を噛む。

「次に勝つためには、きっちり腕を磨かないとね！」

「そうね姉さん！」

姉妹はそう固く決意する。

「にしても、私達を手玉にとるなんて、相手はどんな奴なんだろう？　爽やかなイケメン!?　ダンディなイケオジ!?　可愛い男の娘だったりしてー！」

「姉さん……」

そうして次の瞬間には浮ついた話題にシフトチェンジし、その姉の思考に妹は頭を抱える。

「やり取りの画像を見せてもらえばすぐにわかるでしょう？　それにもしかしたら、骨太ゴリマッチョとか、小太りオタクとか、ナルシスト野郎とかかもしれませんよ？」

「あんたはなんでそんな嫌なことというのよー！」

自分達を負かした相手で妄想する姉と、現実をみる妹との姉妹喧嘩はたえない。

傭兵ギルドでの嫌なことを払拭するべく向かった『アニメンバー』では、『アルティメットロード』・『地下迷宮の料理人』・『大森さん家の男装執事』・『薬剤師のつぶやき』・『化物話コミカライズ版』などのそれぞれの新刊をゲットし、『せいざばん』では、手に入れてなかった『七頭身の許嫁』ノベライズと、人気ゲーム『クリーチャーハンターシリーズ』の同人誌をゲットした。

そうしてほくほく顔での帰路の途中に、あのピンク髪の女性、たしかアコ・シャンデラさん。が僕の目の前に現れた。

「こんなところででくわすなんて、神様は私の味方ね！」

そう言ってにやにや笑いながら僕を睨み付け、街中であるにも拘わらず僕に銃を突きつけた。

その行動に、周りの人がワッと声をあげる。

こんな人通りの多いところで、襲われたわけでもないのに銃を抜くなんて何を考えてるんだろう？

とにかく僕は両手をあげ、抵抗の意思がないことを示した。

「いったい何の用ですか？」

すると彼女は、

「さっきもいったでしょう？　『バステス』を買い戻して完璧に修理して私に献上しなさい！　あ、どうせならマックスボーグ社製のG－32『ディリタ』とか、ジェルマッキン・ロミクス社製のG－42『ラスジャルト』なんかの新品でもいいわね！」

傭兵ギルドで僕に言いはなった内容を突きつけ、さらにそれ以上の要求をしてきた。

ちなみに追加されたそれはどちらも帝国軍の主力戦闘艇じゃん！

しかもどっちも御値段が１０００万超えなんだけど？

「お断りします。そもそもどうして僕がそんなことをしないといけないんです？」

もちろん即座に拒絶する。

「あんたみたいなやつが稼いだお金は、私のような選ばれた人間が使ってあげるのが当然でしょう？」

しかし彼女は平然とこう言いはなった。

彼女ははっきり言って異常だ。

　なんで初対面の僕にそんな要求を平気で出来るんだろう？

　それに対する推測は出来たが、ともかく今やるべき事は1つだ。

「あーもしもし警察ですか、65ブロックのバズンビルっていう雑居ビルの前で変な女に恐喝されてまして、すぐ来てもらえませんか？」

　僕は腕輪型端末（リスト・コム）で警察に連絡した。

　僕の腕輪型端末（リスト・コム）は相手方の画像がでるタイプの奴なので、オペレーターの女性の姿が確認できる。

　その映像と会話の内容で、僕が電話をしたのが戦闘艇を買うためのものではなく、警察官に連絡したと分かったからだろう。

「ちょっと！　なんで警察に通報なんかしてるのよ!?　切りなさい！」

「この通りなんで、できるだけ早くお願いしま――」バシュ！

　そして電話を切る前に、彼女が僕の足元を銃で撃った。

「この私が！　どうして警察に通報してるのかって聞いてるのよ!?　さっさと答えなさい！」

　さっきの『なんで初対面の僕にそんな要求を平気で出来るんだろう？』という推測の答えだが、それはたぶん彼女が貴族だからだろう。

　しかも、今代の皇帝陛下を嫌い貴族らしい生活を唱える反皇帝派閥の貴族なら、こういう行動・言動も理解できる。

　しかし彼女が貴族ならそれなりの金銭や権力は所持しているはずだし、彼女が趣味で傭兵をしているなら、親にねだれば『バステス』ぐらいは手に入るはずだ。

その事から考えると、彼女は没落貴族か、爵位を剝奪された元貴族なんじゃないだろうか。

ともかく撃たれてはたまらないので理由を説明する。

「いや、どう考えたって貴女(あなた)のやってる事は犯罪ですからね？　通報して当たり前です」

「はあ？　下民のあんたが貴族の私に新品の戦闘艇を献上すればいいだけの話がなんで犯罪なのよ!?」

「貴族に対して、そういう事をしないようにという法律を先代の皇帝陛下が勅命で施行(しこう)して、今代の皇帝陛下もそれを実行してるのを知らないんですか？」

「あの女の命令なんかに従う必要なんか無いわよ！」

やっぱり彼女は貴族で、皇帝陛下とも面識なり関係なりがあるのだろう。

特に今代の皇帝陛下に恨みがあるのかもしれない。

まあ、年齢も近そうだからなにかあったのかもしれないかな。

「いいからさっさと承諾して購入しにいきなさいよ！」

ついに我慢の限界がきたのか、彼女は金切り声をあげつつ、また僕の足元を銃で撃った。

すると次の瞬間、銃を持った彼女の腕が何者かにつかまれ、彼女は地面に倒されてしまった。

「警察だ！　脅迫の現行犯で逮捕する！」

警察だった。

どうやら、彼女に気付かれないように、パトカーのサイレンを鳴らさずに近寄ってくれていたらしい。

4人いて、2人は彼女を拘束、あとの2人は周りの人から話を聞いたりしていた。

「なにするのよ！　私はあの下民に身の程を教えてやろうとしただけよ！」

「はいはい。事情は署でゆっくり聴くから」

彼女は色々わめきちらすも警官達は聴く耳を持たず、手錠をかけられるとそのままパトカーに押し込められた。

そこに、繋ぎっぱなしだったオペレーターの人が声をかけてきた。

『通報者の方。署員は間に合ったみたいですね』

「あっはい。切らずに失礼しました」

『いえ。お陰で状況がわかりやすかったですよ。後は現場の署員にお任せください』

「ありがとうございました」

オペレーターの人にお礼を言って電話を切ると、警官の1人が僕に近づいてきた。

「被害者の方？」

「はい」

「やり取りは電話の音声を聞いていましたので大丈夫です。被害届を作成しますので身分証をお願いします」

「はい」

腕輪型端末（リスト・コム）を差し出し、警官の持っている薄板（タブレット）に身分証のデータを送る。

その間、パトカーの中でもう警官達に挟まれているアコ・シャンデラ（はんにん）さんがずっとこっちを睨んでいたのは見なかったことにしよう。

「では、脅迫被害という事で提出しておきますので」

「ありがとうございます」

被害届が出来上がると、その警官はパトカーに乗って彼女（はんにん）を連行していった。

でもなんとなく、昨今の不祥事のせいで下がり気味の傭兵ギルドの評判を悪くしないために、あの被害届はギルドの上層部から、取り下げを頼まれそうな気がする。

さっさと帰って新刊読もう……。

「当たり前でしょう？　それぐらいの事も理解出来ないなんて、揺るぎない馬鹿の確かな証拠よね」

襲撃された日の夜は、新刊を心行くまで楽しんだ。

もうあの非常識女（ピンクあたま）に悩まされることはないと思うと実に晴れやかだ。

そんな晴れやかな気分でギルドに来たのだけれど、ローンズのおっちゃんからの話で一気に嫌な気分になってしまった。


「傭兵（ようへい）ギルド・イッツ支部の上層部から、アコ・シャンデラから受けた事の被害届を取り下げろって話が来た」

「いやだけど？」

「実際に買わされてないし、ちょっとした行き違いって事にしてくれだと」

「銃を突きつけられて威嚇射撃されたのに？」

「当たってないだろ？　傭兵ならそれぐらい日常茶飯事だろ？　だとさ」

「そういう問題じゃないっしょ……」

「色々不祥事があったからな、これ以上印象を悪くしたくないんだとよ」

「だったら不祥事を揉み消さない方がいいと思うんだけど？」

昨日あの非常識女が連行されるときにした予想が当たってしまった。

話をしているローンズのおっちゃんも、呆れ顔全開だった。

はっきりいって意味がわからない。

不祥事は、発覚したときにきちんと公表するよりも、隠したり揉み消したりしたほうが印象が悪くなるものだ。

案外上層部にアコ・シャンデラさんの下僕でもいるんじゃないだろうか？

2人で呆れ返っているとゼイストール氏がやってきて、

「ですので対処しておきました」

と、言ってきた。

「「え？」」

「帝都にある本部に、ここの上層部の汚職の可能性を通報したところ、アコ・シャンデラへの被害届の取り下げを強制するなら全員を解任するという指示が下りましたので、心配しなくて大丈夫ですよ。それにもしアコ・シャンデラが不起訴になって出てきたとしても、彼女を別の支部に追いやれますよ」

僕とローンズのおっちゃんが驚きの声をあげると、ゼイストール氏が説明をしてくれた。

その内容はいち受付嬢の行動力ではない気がする。

ゼイストール氏って何者なの……？

そんな疑問に囚(とら)われていたその時、ロビーが騒がしくなった。

そこにいたのは、以前ここにいた、現在は帝都のギルドに籍を移したあの貴族の傭兵だった。

相変わらず取り巻きを引き連れ、彼に媚(こび)を売っていた受付嬢達(たち)が、前と同じように彼に媚を売りはじめていた。

何で戻ってきてるんだ？

連中は帝都で好き勝手やってるはずだ。

貴族はロビー内を見渡し、ゼイストール氏を発見すると、ニヤニヤしながらゼイストール氏に近付いてきた。

「へー。こんな可愛(かわい)い子が配属されてるなんて知らなかったぜ」

幸い、ゼイストール氏に気を取られているせいで、僕には気付いていないようだ。

「何の御用でしょう？」

「『羽兜(フェーダーヘルム)』って奴(やつ)、呼び出してもらおうか」

「ランベルト・リアグラズさんの事ですか？　どのような御用件でしょう？」

「俺が呼んでるって言え」

「申し訳ありませんが、どこのどなたかわからないような方の要請には従えません」

貴族の命令に、ゼイストール氏は毅然とした態度で反抗していた。

するど当然、貴族は腹を立てる。

「ビッセン伯爵令息であり、イッツ支部で最も優秀だった女王階級のストライダム・ビッセンを知らないだと!? ふざけるな！」

「私が配属された時点では、貴方はイッツ支部の所属ではありませんでしたよね？ それなら私は知らなくて当たり前です。貴方は帝都のギルドに所属しているのですからね」

「だがこの俺の噂ぐらいは聞いただろうが！」

「いいえまったく」

「女ぁ……見てくれが良いからと調子に乗るなよ？」

ビッセン伯爵令息は、ゼイストール氏が自分の名前を知らない事に対してさらに腹を立てる。

そうして空気が張りつめているところに、呑気そうな声が聞こえてきた。

「あのー俺に用事ってなに？ だれなわけ？」

「それは今から説明していただけますよ」

どうやら、ビッセンのシンパらしい受付嬢が、勝手にイキリ君ことランベルト・リアグラズ君を呼んできたらしい。

そのイキリ君だが、色々経験を積んだからなのか、それともロスヴァイゼさんの教育が良かったのか、以前のようなイキッている様子は微塵もなく、彼本来の姿であろう、真面目そうな雰囲気に変わっていた。

まあ、毎度戦闘時に失神してればプライドもへし折れるよね……。

ビッセン伯爵令息はランベルト君を確認すると、

「お前が『羽兜(フェーダーヘルム)』か。喜べ。お前を俺が率いる傭兵チーム『煉獄(プルガトリオ)』のメンバーにしてやる。以降は俺に絶対の忠誠を誓い、身を粉(こ)にして働けよ」

と、言い放った。

つまりはスカウトだけど、内容は奴隷契約だね。

仕事をランベルト君にやらせて、報酬と成果だけをむしり取るつもりなんだろう。

ランベルト君なら、ロスヴァイゼさんの力だけど、直(す)ぐに自分と同格になるからその前に仲間に引き込んで(どれいにして)おこうというところだろう。

「いや。俺はチームに入るつもりはないんで……」

ランベルト君の返事は当然の事だろう。

なによりロスヴァイゼさん関連の事は、出来るだけ秘密にしておきたいだろうしね。

そしてその返答に、ビッセン伯爵令息が納得するわけはない。

「あ？　お前、俺のチームに入って俺の為(ため)に働くのが嬉(うれ)しくないってのか？」

名前も名乗らず、奴隷になれと言ってくる奴に従うはず無いのに……。

ランベルト君が困った顔をしていると、その後ろから見覚えのある人が姿を現した。

「当たり前でしょう？　それぐらいの事も理解出来ないなんて、揺るぎない馬鹿の確かな証拠よね」

「なんだと貴様！」

「私はロスヴァイゼ。『羽兜（フェーダーヘルム）』ランベルト・リアグラズのパートナーよ。貴様なんて名前じゃないわ」

以前から画面上だけで拝見していた、意思のある古代兵器・ロスヴァイゼさんだ。

ついにバイオロイド体を手に入れたのか。

極力関わりたくないなぁ……。

とはいえ金髪碧眼（へきがん）の美女に間違いはないのだから、ビッセン伯爵令息にとってはたまらない獲物だろう。

「ほう……。なら今日からは俺の女だ。『羽兜（そいつ）』は俺の部下になるからな。部下の女は俺の女だ」

そしてやっぱりなセリフを吐く。

ロスヴァイゼさんは大きくため息をつくと、可哀想（かわいそう）なものをみる目でビッセン伯爵令息をみつめる。

「ここまで馬鹿だといっそ感心するわね。戦闘の実力も作戦立案も戦術眼も統率力もカリスマも気品も礼儀も常識も無いクセに、家柄と腐敗しつくしたプライドだけでそこまで大口を叩（たた）けるなんて」

まさに正鵠を射た感じだが、ビッセン伯爵令息が激怒しないわけはない。

「てめえ……誰に向かって口を利いてると思ってるんだ!?」

「ゴミでしょう？　あ、その言い方はゴミに失礼よね。ゴミはゴミになる前はきちんと役に立っていたもの。産まれた瞬間からなんの役にも立っていない貴方と違って」

ロスヴァイゼさんキツイなー。

あんなこと言われたら、ああいうタイプは絶対ブチ切れるのに。

まあ僕もそう思うけど。

「殺されたいらしいな……」

ビッセン伯爵令息は、ロスヴァイゼさんに向けて銃を突きつける。

ロスヴァイゼさんには通用しないだろうけど、ほっとくのも不味いよなあ、一応知り合いだし。

そうして僕が意を決して銃に手を伸ばそうとしたとき、

「銃をしまってください」

ゼイストール氏が、ムッとした表情で伯爵令息の前に立った。

「なんださっきの受付か。そういやお前も俺に生意気な口を利いてたよな平民風情が」

ビッセン伯爵令息はゼイストール氏に銃を向ける。

「全裸で土下座でもすれば許してやらなくもないぞ?」

ビッセン伯爵令息のセリフに反応し、取り巻きが下品に笑う。

その光景を、ランベルト君を連れてきたビッセンのシンパらしい受付嬢が、にやにやしながらゼイストール氏を見つめていた。

なんだかゼイストール氏を逆恨みしてそうな雰囲気だな。

やっぱり自分より美人で人気がある受付嬢は気に入らない感じだろうか？

そんなことを考えているうちに、ゼイストール氏とビッセン伯爵令息の対立？　はヒートアップしていた。

「銃をしまってくださいと言ったんですが、聞いて下さるつもりは無いようですね」

「全裸で土下座でもすれば許してやらなくもないって言ったのが聞こえなかったのか？」

「街中はもちろん、ギルド支部であっても、護身以外に銃を抜くのは犯罪ですよ」

「それは平民だけだ。貴族は許可されている」

「先代の皇帝陛下の御代(みよ)にその許可が廃止されたのを知らないのですか？」

「じゃあこれは護身のためだ。襲われそうなんでな」

「先に銃を向けたのはそちらですが？」

「知らんな。襲われそうなのはこちらだ。まあ、お前に俺を襲えるはずはないがな？」

売り言葉に買い言葉？　の応酬で埒(らち)が明かなそうだったが、「お前に俺を襲えるはずはない」というビッセン伯爵令息の言葉に、ゼイストール氏はついに我慢が限界に来たらしい。

「そうですか。では襲わせてもらいましょう」

そう言い放ち、ゼイストール氏の表情がゴミを見るようなものに変わった次の瞬間、ビッセン伯爵令息の顎の先にゼイストール氏の拳が振り抜かれた。

ゴッ！　という鈍い音がして、ビッセン伯爵令息がふらついたところに、今度は首に上段蹴りが叩き込まれた。

そこからさらに、前のめりに倒れかけたビッセン伯爵令息の顎先を、足を真っ直ぐに頭の上まで振り上げる感じの蹴りで下から蹴り上げると、不思議と後ろに倒れることなく、ビッセン伯爵令息は膝をつきながらうつ伏せに倒れていった。

ちなみにゼイストール氏は男性職員なので、ちゃんとズボンを穿いている。

ゼイストール氏は残った取り巻きに視線をむけ、

「『煉獄』とやらのチームリーダーがやられましたが、敵討ちにはこないんですか？」

と、言い放った。

当然だけどああいう連中が進んで敵討ちなんかするわけないよね。

ゼイストール氏には敵うわけないし、下手すればアーサー君の彼女のセイラ嬢にだって負けるだろう。

「では全員恐喝罪で逮捕ということで」

いつの間にか警備員と警備用ドロイドがやってきていて、ビッセン伯爵令息とその取り巻きは連行されていった。

一件落着だが、ビッセン伯爵令息は腐っても貴族だし、傭兵ギルド・イッツ支部の上層部も黙っていないだろう。

実際どうするのだろうと不安になる。

だがまあ一つ言えることは、

『ゼイストール氏かっけえ！』だ。

「俺はダン・ビルトロップ。騎士階級だ。人は俺を『無敵のタフガイ』と呼ぶぜ！」

ビッセン伯爵令息ひきいる傭兵チーム『煉獄』は見事御用となった。

それにしても昨日から続けざまに頭のおかしいのに遭遇するなんて運が悪すぎる。

そして僕とは関係ないところで、ゼイストール氏とロスヴァイゼさんが挨拶を交わしている。

その光景を、ランベルト君を勝手に連れてきた受付嬢が悔しそうに睨み付けていた。

たしかあの人、僕が初めて傭兵ギルドに来たときに話しかけた受付嬢じゃないか？

まあ、向こうは僕の事は記憶の片隅にもないだろう。

「上層部もビッセン伯爵令息達もゼイストールの事も気になるが、俺たちが気にしたところでどうにもならん。それよりは仕事の話をしようや」

「そうすね」

目の前で行われていたテンプレートな退治劇に呆然としていた僕に、ローンズのおっさんが気を取り直すように話しかけてきた。

おっさんも呆然としていたが、僕より早く復帰したのは流石だ。

「今募集があるなかで比較的平和なのは、コロニーでやる社交パーティーの警備だな」

渡してきた依頼書の詳細はこうだ。


業務内容：ノーバンドル侯爵家主催の社交パーティー会場である、コロニー周辺の警備及び来客者の交通整理。

業務期間：銀河標準時間で72時間（3日間）。

業務開始前に説明会をするので、業務開始1時間前までの集合必須。

それ以降は2交代制の12時間連続勤務で12時間の待機休憩。

勤務中の休憩は任意。現場を離れる場合は必ず報告をすること。

業務環境：随伴する宿泊施設コロニー内にある宿泊施設（カプセルホテル式）の無料使用・食事の無料支給。

宇宙船の燃料支給。

業務条件：宇宙船の持ち込み必須。

持ち込み宇宙船が破損した場合の修理費は自腹。

緊急時には、待機休憩時でも対処・出撃すること。

上記理由により、待機休憩時のコロニー外への外出不可。

緊急事態時を除いて、会場コロニーへの立ち入り禁止。

報酬：36万クレジット・固定。

なかなかに良い条件だけど、気になる点がある。

「警備そのものはおかしくはないけど、こういう場合は普通侯爵家の警備隊なんかが張り切るもんなんじゃないの？」

「侯爵家の警備隊はコロニー内部警備で大変なので、傭兵に外部をお願いしたいらしい。来客の交通整理も含めてな」

「まあ、僕らにお貴族様の相手ができるわけないからね。その方がありがたいよ」

社交パーティーともなれば沢山の貴族がやってくる。

その警備となれば人数が多い方がいいし、コロニー内の警備なら貴族の対応になれた彼等の方が適任だろう。

「じゃあうけるんだな。指定の時間までには向こうについておけよ」

「了解」

仕事を受けた後は、そそくさとギルドを後にする。

そのあとは、ゴンザレスから情報を買ったり、暇潰しのためのラノベや漫画を買ったりして出発にそなえ、指定の時間に間に合うように惑星イッツを出発した。

その会場となるコロニーは、ノーバンドル侯爵家領にある惑星ラタカサの衛星軌道上にあった。

惑星ラタカサは基本的には岩と氷の惑星で、恒星の光がわずかではあるが届くために、昼夜があり、植物があり、人間が呼吸可能な成分・配合の大気まで存在している。

しかし、その大気の平均温度は、恒星の光に照らされていたとしても、常にマイナス120度を上回ることはなく、呼吸すれば肺が一発でやられて即死するレベルだ。

その極低温のなかでしっかりとそびえ立つ樹木は『ソイビス』と呼ばれ、常に緑の針葉を繁らせ、数百kmに渡って列を成すように群生し、その幹はダイヤモンドより硬いと言われている。

そのため惑星ラタカサは白地に緑の筋がいくつもある、美しい惑星の一つと言われている。

色々開発すれば人類が住めなくはないのだろうけれど、ノーバンドル侯爵家ではこの惑星ラタカサの開発は行っておらず、特別に造らせたノーバンドル侯爵家の別荘兼観測所があるだけで、関係者以外は上陸を禁止しているらしい。

おそらく、何かあったときの避難所みたいなものなのかもしれない。

ともかく傭兵は、用意された宿泊施設コロニーに船を停め、説明会の会場にむかった。

そこには、色々な支部からやってきた傭兵達200人程がひしめいていた。

用意されていた椅子の端っこに座った瞬間、

「よう！　あんたも来てたのかい！」

「ぐふっ！」

突然何者かに背中を思い切り叩かれた。

声のした方向を向くと、知った顔が僕の横に立っていた。

「あんたか……」

「なんだい。シケた面してるね」

「あんたに背中叩かれたからだよ……」

犯人はがさつ女傭兵のモリーゼだった。

相変わらずデリカシーを忘却したままのようだ。

「やっぱりお前さんも受けてたか。やっぱりこういう警備の仕事は楽でいいぜ」

肩やら腰やらをほぐしながら、バーナードのおっさんが僕の前の席に座った。

「皆さんお久し振りです！」

「よく一緒になりますね」

「こういうのをしっかり受けるのが、一流の傭兵なんだ。当然だろ」

アーサー君とセイラ嬢、さらにはレビン君までもがこの会場にいた。

レビン君は相変わらずの中二チックな服装だが、矜持は立派になっていっているようだ。

図らずもいつぞやの仕事の時のメンバーが集まってしまったが、そこに違う顔がやってきた。

「ようテメエら。シケタ面してんな」

年齢は僕より少し上で、身長１８５㎝程の引き締まった身体（からだ）をしており、オールバックの髪型ににやけ面の男だった。

その男の姿を見て、モリーゼは嫌そうな顔をする。

「あんたのそのにやけた面よりはマシさ」

「へっ。相変わらず口の減らねえ女だ」

２人ともちょっとピリつく会話をするも、その表情は笑いを含んでいて、本気でない事はわかる。

「誰だあんた？」

「おっと。そっちのルーキー３人とじいさんは初対面だな」

レビン君が男を警戒しながら質問すると、その男は片手を腰に当て、親指で自分を指すという、どこかのアニメのヒーローのようなポーズをとると、

「俺はダン・ビルトロップ。騎士階級（ナイトランク）だ。人は俺を『無敵のタフガイ』と呼ぶぜ！」

恥ずかしいセリフを恥ずかしがる事なく口にした。

このダン・ビルトロップは会話や態度こそウザいが、信用できる腕の良い傭兵であることに間違いはない人物だ。

さらには、一度は司教階級（ビショップランク）に上がったが、ウザい貴族ばかりだからと自ら降格を志願したことでも有名だ。

彼の名前を知らなくても、『以前に司教階級（ビショップランク）から降格を願った人間がいる』という話だけは広

まっていたりする。
まあ終始あのノリでは、周りからウザがられるのも無理はないが。
僕も初見の時は、外見や雰囲気から近寄りたくなかったけれど、
大規模な戦闘の時に何人もの味方を助けていて、
状況打開のために先頭切って敵陣に突っ込んだり、
貴族に絡まれた奴(やつ)を助けたり、
仕事に失敗して落ち込んでいる奴を励ましてくれたりと、勇敢で面倒見がよい人物なのがわかる
と、その見方は変わっていった。
「ダンさんお久し振りです」
「ようジョン！　相変わらずオタってんな！」
ちなみに仲良くなったきっかけは、彼が探していた古い漫画を見つけてあげたことだ。
ちなみにレビン君たちは終始呆然としていた。
まあ初見ではそうなるよね。
そうして少しくだらない話をしていると、
『これより説明会を開始するので、着席をするように』
という放送がながれた。
さて、仕事の時間だ。

『そいつらは一刻も早く英雄になりたいんだろうよ』

『私はノーバンドル侯爵家の警備責任者であるドータス・ツイルという。今回我が主人、シビルス・ノーバンドル侯爵家主催の社交パーティーの警備に参加協力してくれて嬉(うれ)しく思う。期間は3日あるが、パーティー本番は明日のみ。本日は集合日、パーティー本番後は解散日となっている。そこで本日君達傭兵(たちようへい)にお願いするのは、コロニー周辺の警備と、いらっしゃるお客様がたのコロニー入り口までの誘導だ。なお会場となるコロニー内部には、緊急時以外は開催期間中全面立ち入り禁止だ。これは君達の潔白・安全を確保するためだと理解して欲しい。貴族の方は面倒臭(きむずかし)い方が多いのでね。シフト表はすぐに送信するが、今から名前を呼ばれた者は此方(こちら)に集まってくれたまえ。ではシフト表を確認の後、各自持ち場に向かってくれ』


そうして僕が配置された場所は、コロニーの胴体部分の一角だった。

シフトは2隻1組で、食事・トイレはお互いでカバーする形になっている。

僕は最初のシフトで休みにならなくてよかったけど、となりにいるバーナードのおっさんは先に休みがいいと愚痴っていた。

とはいえ、はっきりいってやることはない。

貴族達はきちんとコロニーの入り口に向かってくれるし、僕の居る位置は入り口から距離があるので絡んでくることもない。

そして名前を呼ばれた連中だけど、彼等(ら)は貴族達の交通整理とその案内をする係に選ばれた。

選考基準は美形(イケメン)・美女・美少女であることと、冷静な対応ができることの2点だ。

僕の知り合いで呼ばれたのはアーサー君とセイラ嬢と、なんとロスヴァイゼさんとランベルト君だった。

いつのまにこの仕事に参加していたんだろう。

とりあえずロスヴァイゼさんが話しかけてこなくてよかった。

その事にほっとしていると、

『それにしても、お前さんはなんでこの仕事に参加したんだ？　楽そうな仕事はこの仕事ぐらいだったとはいえ、戦闘にはあまり関係ない貴族絡みの仕事は嫌がりそうだったのによ』

バーナードのおっさんが、暇潰しとばかりに話しかけてきた。

が、その内容は元警官だからなのか、なかなか鋭い内容だった。

僕はラノベを読んでいるので暇ではないし、その辺りは踏み込んで欲しくはないけれど、仕事上のコミュニケーションは大事なので返答をする。

「ちょっと疲れましてね。ローンズのおっさんに見繕ってもらったんです」

そう。普段なら掲示板に張り出してあるのを自分で探して受けるのだけれど、公爵領関連の襲撃と、ピンク頭の襲撃で、アニメやマンガを観(み)たり読んだりしてもなかなかテンションが上がらなかった。

こんな状態で戦闘が確実な依頼は危ないので、ローンズのおっさんに「戦闘の起きなそうな依頼」を見繕ってもらったのだ。

『なる程な。戦闘でのリスク回避か』

「有能で勇猛な傭兵からは腰抜けとか臆病者扱いですけどね」

『そいつらは一刻も早く英雄になりたいんだろうよ』

バーナードのおっさんは、くっくっと笑いながら禁煙パイプらしきものを口から離した。

『それにしても暇だな。ちょっと寝ていいか？　歳(とし)だからな、ちっと辛(つら)いんだ』

「大音量で起こしていいなら2時間ぐらいいいっすよ」

『それでもいいから頼むわ』

大音量がなにかは知っているだろうに、それでも寝たいというのはかなり辛いんだろう。

それから2時間後。

そろそろ起こさないといけないなと、大音量の準備をしていると、

『うーん……あんまり寝た気がしねえな……』

バーナードのおっさんが目を覚ましたらしく通信（コール）をしてきた。

「あ、起きたんすか」

せっかく大音量を流せると思ったのに残念だ。

『なんだか残念そうだなおい』

「いえいえ」

『しかし、パイロットシートのリクライニング倒した状態だとよく眠れんな』

「身体（からだ）が固まりますよね」

バーナードのおっさんは、身体を伸ばしながら関節をほぐしつつ、眠りが快適でなかったのを嘆いていた。

『次はお前さんが休んでくれていいぞ』

自分が休んだのだから、次はそちらだと言ってくれるあたり、まともな感覚の持ち主だ。

以前にこういった警備の仕事を受けた時には、自分は休んでもこっちには休ませなかった奴（やつ）に何度も出くわしたからね。

「あ、じゃあちょっとベッドで横になってきます」

ならばとお言葉に甘えて一眠りしようとすると、

『ちょっとまて。ベッドってどういうことだ？』

ベッドという言葉に、バーナードのおっさんが食いついてきた。

「僕の船には、簡易極小型ですがベッドとトイレとシャワーとレンジと冷蔵庫があるんですよ。言ってませんでした？」

以前のイコライ伯爵領でのテロリスト退治の時に、提供された宿泊テントに行ってなかったんだから、推測できそうなもんだと思うんだけど？

『なに？　おい！　ちょっとコロニーに戻って船かせ！』

「いやですよ！」

どうやら2時間の仮眠に納得がいっていなかったらしく、食い下がろうとしたが無視して仮眠を取ることにした。


そうして最初の12時間が終了すると、交代して宿泊施設コロニーに向かった。

バーナードのおっさんはしつこく船を貸せと言ってきていたが、流石(さすが)にあきらめて、何処(どこ)で手に入れたかを聞いてきたが、知り合いの整備工場に協力してもらって自作したと言ったら、

『俺も作って……いやいやまだこの船のローンが……』

と、ぶつぶつ言い始めてしまった。

ともかく食事を終わらせた後に風呂に入り、さっさと寝てしまおうと考えながら食堂で食事をしていると、一番来て欲しくない人が来てしまった。

「お久しぶりですねキャプテン・ウーゾス」

「あ、どうも……」

僕の一番の懸念事項。

ロスヴァイゼさんのバイオロイド分体だ。

画面で見ただけでもわかる金髪碧眼の美女が、僕みたいなのに話しかけてくるだけで、僕にとっては災害だ。

「こうなってから会うのは初めてですね」

実はすでに遭遇しているわけだが、別に言わなくていいだろう。

「行列整理お疲れ様です……」

「大変でしたよ。貴族の馬鹿息子達がことあるごとにナンパナンパナンパ！　色惚けが酷すぎます！」

取り敢えず当たり障りのない会話をしつつ、彼女にはパートナーが居ることを周囲に知らせないとね。

「パートナーのランベルト君は、なにか対処はしてくれたんですか？」

そう考えて、こんな質問をしたところ、

「まあ毎回、『すみません。他の方の案内もしなければなりませんので』って言ってかばってくれましたけど……」

ロスヴァイゼさんはまんざらでもない様子でもじもじ始めた。

二人の間に何があったのかは知らないけど、随分と距離が縮まった感じがする。

ともかくこれでロスヴァイゼさんにはパートナーがいると周囲が理解したと思った瞬間、

「なんだい。アンタの彼女かい？」

モリーゼが人の苦労をぶち壊す発言をしてきた。

しかしここで慌てたりすれば大変なことになる。

落ち着いて事実だけを話せばいいんだ。

「彼女はロスヴァイゼさん。あの『羽兜（フェーダーヘルム）』のパートナーですよ」

「へえ……あの『羽兜（フェーダーヘルム）』のねえ……」

モリーゼは興味深そうにロスヴァイゼさんを見つめてから、こちらに視線を向けてきた。

「その『羽兜（フェーダーヘルム）』のパートナーとなんで知り合いなんだい？」

「たまたま『羽兜（フェーダーヘルム）』のランベルト・リアグラズ君の初陣と同じ戦場だっただけだよ」

モリーゼの野次馬根性丸出しの質問に、事実だけを返答した。

「そこでその……ランベルトとの事で相談に乗ってもらいまして」

そこにロスヴァイゼさんがフォローを入れてくれた。

たしかにランベルト君の事だけど、最初とは随分態度と反応が違うなあ。

いわゆるデレ期だねこれは。

つまりは正しいツンデレだ。

「なるほどねー」

モリーゼはにやにやしながらロスヴァイゼさんを見つめている。

これはからかう気まんまんだな。

しかしそこに救いの手が現れた。

「年寄りが若けぇ者からかってんじゃねえよ」

ノンアルコールビールの缶とイカの足の醤油漬けを串に刺した奴を手にしたバーナードのおっさんが、モリーゼをたしなめたのだ。

モリーゼは、僕よりは年上だろうが年寄りではない。

当然その部分には噛みつくわけで。

「アタシはまだ20代なんだけど？」

「そっちのお嬢さんからすりゃ立派な年増だな」

「リアルにジジイのクセに……」

「まあまあ。お二人とも落ち着いて……」

「他の方の迷惑ですよ」

モリーゼがバーナードのおっさんの襟首を摑んだところで、いつの間にかやってきていたアーサー君とセイラ嬢が2人の間に入ってくれた。

そのお陰で双方が少しは収まったようだった。

それにしても、ロスヴァイゼさんがいるのにランベルト君はどこに行ったのだろう？

ミーハーな傭兵達に囲まれたりしているのだろうか？

「そういえばランベルト君はどうしたんです？」

「あそこです」

僕の質問に、ロスヴァイゼさんは食堂の端の席を指差した。

そこでは、ランベルト君とレビン君が額を突き合わせ、熱心に話をしている。

「何でもなんとかいう商店街がどうとか……」

あ、なるほど。

イキる感じは失くなったけど、ロスヴァイゼさんからの話や、今まで見てきたランベルト君の言動なんかをみる限り、好きそうな感じはするよね。

まあ、友達ができたのは良いことじゃないかな。

「ですが、犯人が逮捕されるまではここを出ないようにしてください。下手に出ようとすると共犯の疑いがかかりますからね」

最初の12時間の休憩は、幸いな事にロスヴァイゼさんに話しかけられた事で絡まれたりする事なく終了した。

翌日のシフトも前日同様に退屈だった。

招待状を送った客は全員出席。

パーティーに必要なものは前日に全て揃（そろ）えているため業者の出入りもない。

パーティー会場は大忙しだろうけど、コロニー周辺の警備は非常に暇になる。

もちろんなにがあるかはわからないので警戒は怠るわけにはいかないけれど。

しかし少しだけ変化があった。

それは、行列整理をしていた連中だけがパーティー会場の警備に参加させられた事だ。

彼等（ら）をパーティー会場の警備に参加させた理由は、たぶん『囲い込み』をするためだろう。

まあ、見た目がよくて行動もまともなら貴族連中なら囲い込みたくなるよね。

特に『羽兜（フェーダーヘルム）』の2人は欲しくてたまらないだろう。

アーサー君とセイラ嬢も有望株だから大変だろうな……。

多分最初からこれが目的だったんだろうね。

知り合いが無事に帰還してくるのを祈るだけだ。


そうして時間は過ぎていき、2日目のシフトがおわり、宿泊施設コロニーに戻ると、パーティー会場の警備に駆り出されていた人達が戻ってきていた。

喜んでいたり、残念そうだったり、そして憤慨している人と様々だったわけだが、僕の知人である女性2人はとてつもなく激怒していた。

「まったく冗談じゃありませんよ！『私の護衛になれ』はともかく『私の愛人になれ』って頭おかしいでしょう！」

セイラ嬢は額に角を生やさんばかりの様子で、ジュースの缶を握りつぶし、

「どうして貴族というのはああも気持ち悪いのしか居ないんでしょうか……。あのコロニーごと宇宙の塵にしちゃ駄目ですかね……」

ロスヴァイゼさんはぶつぶつとヤバいことを呟いてるお！

貴女はマジでそれができるんだから止めて欲しい。

そしてそれぞれのパートナー？　であるアーサー君とランベルト君の2人は、対照的にぐったりとしていた。

たぶん女性貴族に取り囲まれたりしたんだろうな。

まあそのへんは主人公の宿命だね。

そうして彼等の愚痴を暫く聞いた後。

食事も風呂も済ませ、あとは休むだけとのんびりしていたところに緊急警報が鳴り響き、

『緊急警報！　緊急警報！　現在未確認船団が接近中。船体コード確認を拒否していることから海賊もしくは襲撃者と判断。戦闘要員は直ちに出撃準備。非戦闘員は退避後脱出準備をしてください。繰り返します……』

緊急時の定番の放送がながれた。

僕はすぐに服を着替えて船に向かい、管制塔の指示に従い迎撃にでた。

襲撃してきたのは小型艇や無人機ばかりだったが、その数が異常だった。

ざっと見た感じ７００～８００機はありそうだった。

はっきりいって、パーティー会場のコロニーと宿泊施設コロニーには、コロニー自体以外は金目のものがない。

解体して売るにしても、コロニーは解体に時間がかかるしそのまま売るにしても足がつきやすいしコストもかかる。

となれば、パーティーに参加している貴族を人質にしての身代金目当てということになる。

と、なれば、この連中を通すわけにはいかない。

『こちら管制塔！　連中を1機たりともコロニーにいれるな！　内部の警備隊は入り口を固めてくれ！』

管制塔もそれはわかっているので、的確に指示をだす。

それを合図に、傭兵達は迎撃を開始した。

しかしすぐに違和感を覚えた。

『なんなんだいこいつら！　手応えがないじゃないか！』

『俺の腕のふるいがいがねえぜ！』

まったく手応えがないのだ。

一応攻撃はしてくるし、追いかけてもくるが、動きに精彩がない。

無人機だからといってしまえばそれまでだけど、有人機にもそれがない。

そのため、運動ができると喜んでいたモリーゼとレビン君が不満の声を上げる。

ひょっとしてパーティー主催者がイベントとして用意していたとか？

だとしたらたまったものじゃないんだけど。

『いいじゃねえか。楽チンなんだからよ。それにほれ。あの2人が張り切ってるからまかせときゃいい』

バーナードのおっさんの言うとおり、目の前の戦場では、セイラ嬢とロスヴァイゼさんが大暴れしていた。

『私はアーサー様一筋だってんですよー！　そのアーサー様にべたべたべたべた纏わり付くなクソメスどもーっ！』

『お前たちみたいな気持ち悪い生物が私に近寄るなー！』

怒りの言葉と共に、無人機や小型艇が凄まじい勢いで爆散していく。

そのまま全滅させかねない勢いだ。

下手に近寄ると巻き添えくうお。

他の傭兵達もそれがわかっているためにかなり距離をおいていた。

『しかし……ランベルトの奴はマジでスゲエな。俺と魂の対話をしてるときはそんな感じ全然ねえのに……』

レビン君は、ものすごい勢いで無人機を撃破していくロスヴァイゼさんを見て、そんなことを呟いていた。

それはそうだろうね。

いま暴れてるのはロスヴァイゼさん本人。

でも周りからは、ランベルト君が操縦し、サポートをしているロスヴァイゼさんが大声をだしていると認識されているのだろう。

その怒れる乙女2人の活躍により、襲撃から46分ほどで、全ての襲撃者は沈黙した。

そして、それにより発生した残骸デブリを清掃するという新たなミッションが発生してしまったわけだが、そのミッションは休憩中だった方が受け持つことになった。

早めに寝ておけばよかったなぁ。


デブリ掃除が終わった頃には交代の時間まで2時間を切っていたので、僕は90分だけ仮眠をとって駐艇場(ちゅうていじょう)に向かったところ、交代する時は現場で交代のはずなのに、なぜか全員が戻ってきていた。

何事だろうと思っていると、

『総員に通達。全従業員・全傭兵は自分の宿泊している部屋にもどり、許可があるまでは決して部屋から出ないように。これを破った場合、殺人犯として逮捕される可能性がある。詳細はあとから説明がある。いまはおとなしく指示に従うように。繰り返す。総員に――』

異様な通達がながれてきた。

多分パーティー会場のコロニーで何かあったのだろう。

そして通達の内容から考えると、あのパーティー会場には名探偵がいたって事かな。

どれくらい拘束されるか分からないのなら、この時間を利用して仮眠をとることにした。

それから4時間は経過したころ、

『お待たせいたしました。現在この宿泊施設コロニーにいる全ての職員・傭兵は中央ホールに集合してください。繰り返します。現在――』

呼び出しの放送で目を覚ました。

放送に従って最初の説明会の時に使用していたホールに向かったところ、警備隊の隊長と一緒に刑事らしき人物がいた。

「えーどうも。ここから一番近い惑星タムオ首都警察捜査課のウィボイド・ロイマンといいます。本当は連絡を受けた襲撃者の調査の予定だったのですが、急遽殺人事件の捜査になってしまいました……」

くたびれたスーツ姿の若い男性で、ちょっと疲れている感じだった。

「えー被害者はパーティー参加者のベーダズ・チラルギス・ガイザム伯爵。死因は刺殺。胸部に何回も刺した痕がありました。現場は伯爵が宿泊していた部屋の内部。犯人は鋭意捜査中。いま向こうじゃあ、知恵者として有名だった男爵のお孫さんが推理劇でも披露してるんじゃないですかね」

やっぱりいたのか！　探偵という名の死神が。

これはべつに探偵が殺人をしているというわけではなく、探偵が出向いた先で必ず殺人事件が起こるという、推理物の鉄板から、まるで死神だと揶揄されることから、そんな風に言われるようになったのだ。

それにしても、何回も刺したってことは相当に恨みをかってたらしいねその伯爵様は。

「あーそれとですねえ。いまこの宿泊施設コロニーにいる方々は全員シロです。向こうの方々の証言で、襲撃があった時間は、まだ御存命でしたのでね」

ロイマン刑事はやれやれといった様子で、僕達が事件とは無関係だと宣言してくれた。

しかし次の瞬間、緊張する言葉を投げ掛けてきた。

「ですが、犯人が逮捕されるまではここを出ないようにしてください。下手に出ようとすると共犯の疑いがかかりますからね」

その時のロイマン刑事の眼(め)は実に鋭かった。

「そう、あのエドワード・ロックメイチが私の祖父です！私は祖父と違い、出来はよくありませんがね」

☆　☆　☆

【サイド：フィアルカ・ティウルサッド】

今私は傭兵としてではなく、ティウルサッド子爵家令嬢として、シビルス・ノーバンドル侯爵家主催の社交パーティーに参加している。

その理由としては、子爵であり宇宙船造船会社であるティウルサッド・コーポレーション社長でもある父・オーバルト・ティウルサッドに招待状が届いたからだ。

御父様は、会社経営のこともあるので親皇帝派にも反皇帝派にも所属していない、いわゆる日和見派と呼ばれている立ち位置を確保している。

そして御父様と同じ日和見派で、元は大学の教授であり、御父様の恩師でもあったという、シビルス・ノーバンドル侯爵から、『たまには顔を見せたまえ』というような一言がそえられていたこともあり、御父様は参加を決められた。

招待状には家族でと書いてあったので父オーバルトと母アリシアと私、娘のフィアルカ。そして私のメイドであるシェリーの4人で参加することにしたわ。

シェリーがいれば私と一緒に両親を守ってくれるし、何より心強いものね。

ちなみにシェリーには、いつものメイド服ではなく、袖の長いドレスで身体の表面を隠すような感じのものを身に着けてもらったわ。

このコーディネイトを決めるのに、私と御母様は気合いを入れてはしゃぎまくり、シェリーからの泣きと、御父様からのお説教が飛んでくるまでの約4時間、シェリーを着せ替え人形状態にしてしまった。

でも私が子供の頃に同じ目にあわされたわけだし、おあいこでいいわよね。

パーティー会場であるノーバンドル侯爵家所有のコロニーに入ったのはパーティーの前日、いわゆる集合日というもので、その翌日の夕方からパーティーがはじまるようになっている。

到着したときにお会いしたノーバンドル侯爵様は、ロマンスグレーの豊かな髪に薄い眼鏡にたっぷりの白く長い髭を蓄えた、優しそうな方だったわ。

侯爵夫人も上品そうな方で、侯爵様とは仲睦まじい感じだった。

そしてパーティーの開始までは特に何が起こることもなく平穏に過ぎていった。

そして今現在、私達(たち)はノーバンドル侯爵家領である惑星ラタカサの衛星軌道上に静止している小型コロニーの中にある、立食式のパーティー会場となっている大広間にいた。

会場の窓からは、白地に緑の筋がいくつもある、美しい惑星であるラタカサが浮かんでいる。

パーティーの参加者の多くは、侯爵様の教え子であり、御父様の学友も数多く参加していて、御父様は実に楽しそうだった。

他にもパーティーには各界の様々な人物が参加しており、ノーバンドル侯爵家の人脈の広さを物語っていたわね。

もちろんその中には、親皇帝派や反皇帝派の人物も参加しているようだった。

さらには警備の人間のなかに、傭兵ギルド・イッツ支部のメンバーがいるのを見つけてしまった。

もちろん、見た目のいい『羽兜(フェーダーヘルム)』の2人や、白い機体に乗っていた彼とその彼女、確かリンガードさんとサイニッダさんだったかしら？　などではあったけれど。

私は御父様と御母様から少し離れ、シェリーをお供に料理を楽しんでいた。

「あ、これ美味(おい)しいわね」

「お料理のレシピを教えていただきましょう」

シェリーとそんな話をしていると、

「ほう。見慣れない御令嬢だが、どちらの方かな？」

中肉中背で、オールバックの髪型にカイゼル髭、片眼鏡を掛けた中年男性が、取り巻きらしい連中をひきつれて、私達に話しかけてきた。

態度から考えるに、上位の貴族っぽいので、

「オーバルト・ティウルサッド子爵の娘でフィアルカと申します。こちらは護衛のシェリーです」

と、丁寧かつ礼儀に乗っ取った挨拶をした。

「ほう……ティウルサッド・コーポレーションのお嬢さんか。知っているとは思うが、儂はベーダズ・チラルギス・ガイザム伯爵だ」

伯爵と取り巻きはにやにやと笑い、私とシェリーを舐めるように見つめてきた。

「君の父親に言っておきたまえ。この私と志を同じくしたほうが、貴様の利益になるとな」

それだけを言うと、取り巻きと共に離れていった。

貴様の利益などと言っているけれど、つまりは御父様を金蔓にしようというのが丸分かりなのよね。

私を見る眼もいやらしかったし、最悪ね。

そんな嫌な思いをしながらも、パーティーも終了に近づき、部屋に戻る人、飲み足りないと、コロニー内部にあるバーに向かう人、スパ施設に向かう人とバラバラになりはじめた時、突如として

緊急警報（アラート）が鳴り響いた。

コロニーの外で戦闘がはじまったからだ。

当然傭兵達が応戦し、侯爵様の兵士も出陣していった。

周りの貴族達は、アルコールが入っているのもあり、危機感の欠片（かけら）もなく、

「すごい迫力ですな！」

「どの機体が何機ぐらい倒すかかけませんか？」

「望むところですぞ！」

などと呑気（のんき）なことを言っている。

私も出撃したいところだけど、さすがに今日は傭兵の仕事の時につかっている戦闘艇『エガリム』を搭載した母船『ウリクモ』で来ていないからどうしようもない。

私はシェリーと一緒に、御父様と御母様のところに駆けつけた。

幸い2人とも無事だったので、すぐにでも脱出できるようにしておいてもらった。

しかしその心配を余所（よそ）に、その戦闘は傭兵達の圧勝だった。

さすがに再度襲撃には来ないだろうから、その夜は安心して眠った。


しかし、次の日の朝にとんでもない事件が起こってしまった。

来客の1人である、ベーダズ・チラルギス・ガイザム伯爵が、胸部を刃物で何度も刺されて死亡していたからだ。

当然警察が呼ばれ、誰一人としてコロニーから出ることは許されなくなった。

更には部屋からも出ることを許可されず、何人かの刑事による、一人ずつの事情聴取が行われた。

そして事情聴取は進んで、最後の方になってようやく私の番になった。

事情聴取の場所は、コロニー内部にいくつかある会議室だった。

まずは指紋を採られた後、担当の刑事が、自己紹介もせずに声をかけてきた。

「さてと。貴女はティウルサッド子爵の御息女のフィアルカ嬢で間違いありませんね？」

「はい」

「そして、司教階級の傭兵でもあると……」

「はい」

私の事情聴取担当の刑事は、なぜか眠たそうな眼をしており、しゃべり方もやる気のなさそうな感じだった。

しかし、

「傭兵ということは、他者を害するという点では専門家だ。女性であったとしても殺害は容易でしょうな。おまけにコロニーの外にいる傭兵達に知り合いくらいいるでしょうから、その気になれば逃亡も容易だ」

不意に鋭い表情になり、私の状況証拠を潰しにきた。

「だから私が犯人だと?」

「被害者とは以前から面識はありましたか?」

「昨日初めて御会いしました」

「しかし貴女が傭兵ということを考えると、何者かから依頼されたということもあり得ますな」

刑事は顎を撫でながら、私を見つめてきた。

しかも口調からは、傭兵を馬鹿にした雰囲気すらあった。

「傭兵は殺し屋ではありません」

それに対して反論したところ、

「これは失礼。実際のところ、被害者の部屋に続く監視カメラには、貴女も貴女の御両親もアンドロイドも映ってはいませんでしたからな。何より、現場にあった、間違いなく犯行に使われたナイフに、貴女の指紋はありませんでしたからね。それに、被害者はいろいろ恨みを買っているようですから、貴女以外にも怪しい方は多いんですよ。ま、事情聴取はこれで終了です。お帰りくださって結構ですよ」

急な無罪放免を言い渡され、肩透かしを食らってしまった。

この刑事、なんか腹立つわね。

事情聴取から解放されると1人の警官から、

「申し訳ありませんが、パーティー会場だった大広間に向かって下さい」

と、言われたので、パーティー会場に向かってみると、コロニーの持ち主であり、今回のパーティーの主催者でもあるシビルス・ノーバンドル侯爵様やそのほかの貴族たちや、パーティーで働いていた侯爵家の使用人や臨時雇いされた人達が集まっていて、御父様と御母様とシェリーもそこにいた。

一体何事かと思いながらも家族のもとへ向かうと、突然会場の中央にいた若い男性が声を上げた。

「お集まりの皆様。今回のこの殺人事件の犯人が判明しました！」

タキシード姿でそれなりに外見の整った人物だった。

「申し遅れました。私はマイク・ロックメイチ。しがない男爵家の跡取りであり、しがないルポライターです」

突然の事態に私が呆然（ぼうぜん）としていると、

「ロックメイチ……たしか3代前の皇帝陛下の時代に、警察に協力して色々な事件を解決した、大学教授で男爵だったエドワード・ロックメイチという方がいたかと。ちなみに警察の方に指示して私達をここに集めたのもあの方です」

シェリーがこっそりと私に説明してくれた。

年配の方はロックメイチという名前に聞き覚えがあるのか「ああああの！」とか「まさか彼が!?」

といったような反応を見せていた。

「そう、あのエドワード・ロックメイチが私の祖父です！　私は祖父と違い、出来はよくありませんがね」

年配の方の言葉に反応し、マイク・ロックメイチ男爵子息は芝居がかった仕草をする。

「それでロックメイチ君。犯人がわかったというのは本当かね？」

その場にいた恰幅（かっぷく）のよい刑事さんらしき人が、ロックメイチ男爵子息に尋ねる。

「はい。間違いありません。この殺人事件の犯人は、ベーダズ・チラルギス・ガイザム伯爵に強い恨みがあり、彼によって苦しめられていた人達。即（すなわ）ち、私以外の全ての人間が犯人ということです！」

「なんだって！　それは本当かね？」

「間違いありません。シビルス・ノーバンドル侯爵はこれを実現させるために、このパーティーを開催したのです！」

ロックメイチ男爵子息は、主催者であるノーバンドル侯爵を指差す。

恰幅のいい刑事さんと警官達以外の全員が、「何言ってんのこの人？」という表情をし、唖然（あぜん）としているところに、

「警部。犯人の臨時雇いの給仕係（ボーイ）を逮捕しました」

と、先程私を取り調べた刑事が、給仕係（ボーイ）の格好をした青年を拘束した警官と一緒に会場に入って

きた。

「なに!? それはどういうことだ!?」

「報告をしたはずです。事情聴取を受けずに逃げた給仕係(ボーイ)がいたと。その給仕係(ボーイ)を捕縛したのち調べたら、凶器のナイフにこいつの指紋があり、被害者の部屋にもこいつの指紋がありました。さらには返り血のついた給仕服も発見しました」

さっきの刑事は事実をたんたんと警部とロックメイチ男爵子息に報告する。

「ですから! その彼が動きやすいように、この会場の全ての人達が動いたのです!」

ロックメイチ男爵子息が、自分の推理が正しいのだと主張するも、それ以降は誰一人として、彼の言葉に耳はかさなかった。

ちなみに、「ああぁの!」とか「まさか彼が!?」と言っていたのは、『あの優秀だったエドワード・ロックメイチの孫なのに不出来で有名な』という意味合いだったらしいわ。

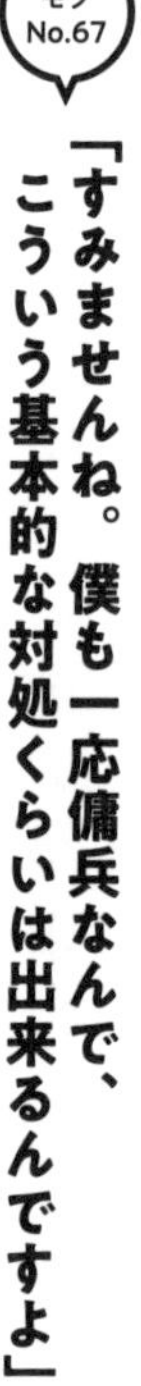

「すみませんね。僕も一応傭兵なんで、こういう基本的な対処くらいは出来るんですよ」

ロイマン刑事は全員シロと言っていたけれど、それは殺害をしていないというだけで、共犯の可能性は怪しんでいるということだろう。

もし船を動かそうものなら、即座に逮捕されるに違いない。

警備の仕事も当然中止。

報酬がどうなるか心配だけど、殺人犯にされる事にくらべれば些細(ささい)なことだ。

科学捜査か名探偵の推理かは知らないけど、早いとこ犯人を逮捕して欲しいもんだね。

とはいえ暇には違いないので、談話室的なところで炭酸飲料を飲みながらぼんやりとテレビをみていると、見知らぬ女の人が声をかけてきた。

「隣、いいかしら？」

「……どうぞ」

セクシーな感じの美人で、傭兵(ようへい)ではない感じだった。

僕は瞬間的に警戒モードに入った。

こんな美人が僕に近寄ってくるなんて、セールスか美人局(つつもたせ)ぐらいしかあるわけがない。

すると女の人はいきなり僕に話しかけてきた。

「ねえ。船を貸してくれないかしら？」

「……嫌ですよ。今どういう状況かご存知でしょう」

僕は一瞬彼女が何を言っているのか理解が出来なかったが、なんとか返答できた。

「だってぇ。向こうでやってるはずの推理ショー見たいんだもん。探偵さんがイケメンかもしれないし？」

彼女は媚(こ)びる様な表情をうかべていた。

見に行く＝このコロニーを出る＝共犯者と疑われるって構図が解(わか)ってないのかな？

いや違う。

この人は向こうにいる殺人犯の共犯者(おなかま)の可能性が高い。

多分襲撃のタイミングか、それより前から何らかの手段で潜り込んで、襲撃でバタバタしている時にターゲットの部屋に忍び込んだかしたんだろう。

そして何らかの理由で自分の船が使えなくなったので、適当な人間、自分の様な美人が頼めば、直(す)ぐにでも貸してくれる相手。を選んで声をかけてきたんだろう。

「ともかく船は貸しませんよ。どうしても行きたいなら刑事さんに頼んでみればよろしいのでは？」

僕が否を突き付けると、彼女は不機嫌な表情になり、

「……もういいわ。女の可愛(かわい)い我儘(わがまま)を叶(かな)えようとしないなんてクズでしかないわ！　あーキ

モッ！」

と、大声で吐き捨てていった。

周りの連中は、
遠くにいて最後のセリフしか聞いておらず、やっぱりキモヲタはああなるのが当然だよな。とくすくす笑ってる派と、
近くにいて女の話が耳に入り、あの女頭おかしいだろうと眉をひそめている派と、
我関せずとばかりにノンアルコールの缶ビールを傾けている派に分かれていた。

缶ビール派は主にバーナードのおっさんとモリーゼとダンさんだけど。

「あの女頭おかしいんじゃない？　アタシはミーハーじゃないから興味ないけど」

「かなり黒いな。実行犯ではないだろうけどよ」

「傭兵がほいほい船を貸すわけはない。あのお嬢さんは傭兵を知らないな」

ノンアルビールにイカの足の醤油(しょうゆ)漬け串にピーナッツを楽しみながら、3人は呑気(のんき)に談笑をつづけた。

とりあえず刑事さんに報告しておこう。

後から何かあった時に気まずくなるからね。

職員に尋ねたところ、ロイマン刑事は直ぐに見つかった。

「なるほど。怪しいですね。貴方(あなた)を誑(たぶら)かそうとしたのは、おそらく脱出手段になんらかの、トラブルがあったんでしょうね……」

こっちは缶コーヒーを手に、何かの映像書類(ホロ・ペーパー)と格闘していた。

「でもそれなら僕を誑かしたりせずに、黙って盗んで行けばいいんじゃないんですかね？」

「船の鍵(セキユリテイ)を外す技術をもってなかったとしたら、誑かしたほうが確実です」

盗むなら僕を誑かしたりする必要はないはずだけど、船の鍵(セキユリテイ)が外せないなら納得だ。

「とにかく情報ありがとうございます。そろそろ犯人もわかると思いますからもう少しご辛抱ください」

ロイマン刑事は頭をかきながら申し訳なさそうに頭を下げた。


それから部屋に戻ると、持ってきたラノベを読み終わってしまったのを思いだした。

船に宿泊すればそんな煩わしいことはないのだけれど、逃げ出すんじゃないかと疑われかねないので止(や)めている。

とはいえ、取りに行くだけでも怪しまれるのは間違いないので、駐艇場(ちゆうていじよう)管理の職員さんに声をかけてから船に向かった。

するとさっきの女性がいて、僕に銃を突き付けてきた。

なんだって最近は銃を向けられる事が続くんだろう。

「なんのご用ですか？　現金はあんまりないんですけど」

「船を寄越(よこ)しなさい」

僕は手を上げて現金を持ってない事を告げるけれど、もちろん向こうはそんなものはいらないだろう。

「無理だって言ったじゃないですか」

「ねえ。今の世の中は不公平だと思わない？」

一応さっきも言ったことを返してみたところ、こんどはなにか語り始めた。

「帝国はその武力で色んな国家を併合して力を付けた。その結果、王族・貴族・帝国民・植民地民という明確な差別階級ができてしまったわ。特に貴族・王族は最悪。様々な胸くそが悪くなるような事を平気でやってきたわ。貴方もヒドイ目に遭ってきたんじゃなくて？　あの連中は美女や美形となると下半身でしかお話ができなくなるし。今回殺された貴族、反皇帝派のなかでもそうとう過激な人物だったそうよ。そんな奴(やつ)を葬り去ることができたのよ！　偉大な戦果だと思わない？　その英雄を助けるために手を貸して！　私達(たち)を苦しめている王族と貴族と帝国民に正義の鉄槌(てっつい)を振り下ろしましょう！」

かなり自分のセリフに酔っている感じだけど、やっぱりあの独立運動の関係者かあ。

「貴族に嫌な目にあわされたってのはわかりますよ。僕自身色々嫌な目にあってますからね。父なんかは貴族の坊ちゃんに使い込みの濡(ぬ)れ衣(ぎぬ)を着せられて、借金まで背負わされましたから。それでもいまのところ今代の皇帝陛下に不満はないですから、船を貸すわけにはいきません」

その完全に酔ったセリフに対して、僕の正直な意見を述べると、彼女は信じられないという表情を浮かべた。

「どうしてよ!? 王族と貴族と帝国民を排除すれば、嫌な思いをしなくてよくなるのよ!?」

「王族・貴族・帝国民がいなくなったとしても、似たようなのがでてくるだけですよ」

例えば、貧富の差とか革命の志士だったか否かとかでね。

もちろんこれは彼女の望んだ回答ではないので、

「そう。じゃあ仕方ないわね。まあ私としても、あんたみたいなキモヲタと同志になんかなりたくないもの」

彼女は汚い物を見るような眼(め)をし、銃を向けている手に力が入ったのがわかった。

「でも死ぬのは嫌ですからね。どうぞ。僕の船の鍵ですよ!」

そう言って僕は船の駆動キーを彼女に向かって放り投げた。

そうして彼女がそれに気を取られた瞬間に、僕は彼女の銃を持った手を狙って熱線銃(ブラスター)のトリガーを絞りこんだ。

「きゃあっ!」

彼女が銃を手放した隙をついて、駆動キーを回収しながら彼女にかけより、さらに彼女の脚を狙ってまたトリガーを絞りこむ。

「うぎゃあっ！」

僕の熱線銃（ブラスター）は威力は小さめにしてあるので、手が吹き飛んだり脚が吹き飛んだりはしていない。

それでもかなり痛いだろうから、傭兵でも工作員（エージェント）でもなさそうな彼女は床に倒れこんで動けなくなっている。

そうして彼女の銃を回収してから、彼女に熱線銃（ブラスター）の銃口を向けた。

「すみませんね。僕も一応傭兵なんで、こういう基本的な対処くらいは出来るんですよ」

「お嬢さんがこいつに船を貸せって頼んでいる現場を見たからさ。それと、美人だって事と魅力的だって事が常に同時に存在してる訳じゃないんだぜ？」

彼女が素早くは動けないのを確認してから、聞いておいたロイマン刑事の番号に連絡を入れた。

端(はた)から見れば酷(ひど)い話だけど、先に銃を向けてきて、尚且(なおか)つ撃とうとしたのは彼女が先だから勘弁してほしい。

『はいもしもしロイマンです』

ロイマン刑事は直(す)ぐに出てくれたので、腕輪型端末(リスト・コム)のカメラを彼女に向けながら現状を報告した。

「すみません。駐艇場(ちゅうていじょう)で襲われてしまいました。今は簡単には動けないようにして、そのまま見張ってます」

『なるほど。せっかちな共犯者だったみたいですね。いまから捕縛にいきますから逃がさないで下さいね』

「わかりました」

通信(でんわ)を切ると、そのまま撮影モードを起動した。

彼女は痛みに顔を歪(ゆが)めながらも、苦々しく僕を睨(にら)み付けている。

しかし急に泣きそうな顔になると、

「助けて！　殺される！」

と、いきなり悲鳴を上げた。

やられた。

恐らく駐艇場にやってきた人影をみて悲鳴を上げたのだろう。

ロイマン刑事が早く来てくれていれば良いけれど、ロイマン刑事以外の人間がやってきた場合、
この状況では僕が不利になるのは自明の理だ。

場合によっては彼女に逃げられてしまう。

それを理解している彼女はにやりと笑い、

「助けて！　早く！」

と、さらに悲鳴を上げる。

彼女の声を聞いたらしい誰かは、ゆっくりとこっちに近づいてくると、

「そのキモヲタがいきなり私の船の鍵を渡せって言ってきて、拒否したら私を撃ったの！　早く捕まえて！」

彼女はここぞとばかりに嘘を並べ立てた。

しかしその人影は、彼女の言葉に驚いて助けに来たりすることはなかった。

「そいつはおかしいな。お嬢さんは船を貸してくれってそいつに頼んでたじゃないか」

「ダンさん!?」

やってきた人影はダンさんだった。

櫛を取り出し、髪型を整えながら、油断なく彼女を見つめていた。

「そのお嬢さんが駐艇場に向かうのをみかけてな。多分、無用心な奴の船を奪うつもりだったんだろうぜ」

ダンさんが自分の期待する行動をとってくれなかった事に、彼女は激怒した。

「なんで私よりそんなキモヲタの味方をするのよ！　普通は私みたいな美人で魅力的な女が倒れていたら、無条件に美人で魅力的な女の味方をするのが常識でしょう!?」

どうやら自分の美貌に相当な自信があるらしく、ダンさんに噛みついていた。

それにしても、僕に撃たれた箇所が痛い筈なのに、よくまあべらべらと話せるものだ。

やっぱり怒りでアドレナリンが出ているせいで、痛みを感じにくくなっているからなのだろうか？

「お嬢さんがこいつに船を貸せって頼んでいる現場を見たからさ。それと、美人だって事と魅力的だって事が常に同時に存在してる訳じゃないんだぜ？」

憤る彼女に、ダンさんはニヒルな笑みを浮かべ、彼女の美貌を否定した。

そのダンさんの言葉に彼女はさらに激怒し、

「ふざけないで！　私のどこが魅力的じゃないって言うのよ!?」

と、大声で反論した。

貴女（あなた）たしか痛みで動けないはずですよね？

なんか逃げ出されそうなので警戒しよう。

「お待たせしました。犯人は何処（どこ）ですか？」

そこに、ロイマン刑事が警官隊を引き連れてやってきた。

それを見た彼女は、チャンスとばかりに悲鳴を上げた。

「助けて！　こいつらに撃たれたの！　犯人はこいつらよ！」

そう主張する彼女に警官隊が近寄っていくと、彼女は勝ち誇った表情を浮かべた。

しかし、警官隊は彼女を救助するのではなく拘束した。

「ちょっと!?　なんで私が拘束されるのよ！　撃ったのはそこのキモヲタで、そっちのオールバックも共犯よ！」

当然彼女は抗議をするが、

「残念ですが、逮捕・拘束されるのは貴女ですよ。彼の腕輪型端末（リスト・コム）からの映像と音声は記録済み。貴女の情報がもたらされた時点で、私や警官達（たち）で駐艇場（ちゅうていじょう）を始めとした全ての監視カメラをチェックしていますから、貴女が先に銃を突き付けた映像は直ぐに見つかりました。そして貴女が向こうの殺人犯の共犯者という証拠もね。言い逃れはできませんよ？」

ロイマン刑事の薄く笑いながらの淡々とした語り口と、その時の眼（め）の光にビクッと怯（おび）えた。

そうして彼女が黙ると、僕の方に視線を向け、

「ご協力ありがとうございました。どうやら向こうでも実行犯が逮捕されましたので、すぐにでも戒厳令は解除になりますから」

共犯者の彼女に向けたのとは違う、疲れた感じの表情で向こうの報告をしてくれた。

こうして彼女――反帝国派思想集団構成員、メイリー・ディリバンという名前だった――は逮捕された。

あと、やっぱり名探偵とやらが解決したのかと思ったのだけれど、どうやら科学捜査の勝利だったらしい。

たまたま現場にいたのは、どうやら迷うほうの探偵だったようだ。

犯人達が逮捕され警察も帰っていき、来客の貴族達も帰っていく事になったのだけれど、くる時と違い蜘蛛(くも)の子を散らすように帰っていった。

やっぱり殺人事件なんかがあった所には居たくないものなんだろう。

そうしてお客が全員居なくなった後に開かれた、事件の説明会兼仕事に関しての連絡で、ありがたいことに、依頼主が満額プラス撃退ボーナスを約束してくれたことを、警備責任者であるドータス・ツイル氏が話してくれた。

そうして全ての仕事が終了し、殆(ほとん)どの傭兵(ようへい)達が出ていった後に、僕はコロニーを出発した。

惑星ラタカサのコロニーからはゲートを乗り継いで18時間余り。

それだけの時間を経て惑星イッツに帰りつくと、深夜であったことに加え、ローンズのおっさんがいなかったので、受付カウンターには寄らずにギルドの建物から出て、流していたタクシーで家に直帰して、そのまま就寝した。


翌日は、丸一日を掃除や買い出しやアニメ鑑賞に費やし、
そのさらに翌日になってから、手続きをするためにギルドに向かった。

「嫌な事件に巻き込まれたな。貴族が殺されたってなれば、無条件に平民を犯人に仕立て上げる馬鹿貴族が未だに居るからな」

報酬支払いの手続きをしながら、ローンズのおっさんがそう呟いた。

「お祓いでもしてこようかと思ってますよ……」

なにしろ、短期間に何度も銃を突き付けられているのだから、何か悪いものにでも取り憑かれているのかと思い込んでしまうほどだ。

そんなことを考えていると、

「そうそう。あのアコ・シャンデラだけどな……」

ローンズのおっさんがその切っ掛けとなった人物の話を始めた。

ローンズのおっさんの話によると、
彼女は取り調べでも『貴族の私に逆らったあの平民の男が悪い』とか、『貴族の私が平民に銃を向けたからといってなんの問題があるのか？』『平民が貴族に自分の財産の全てを献上するのが当たり前』など、正気を疑うような発言ばかりしていたらしい。

しかし、自分がもう貴族ではないと指摘され、尚且つ、爵位を剥奪された際に皇帝陛下が発行した、シャンデラ家当主ウルカムス・シャンデラの男爵位剥奪の勅書の写しを見せられると、大声を上げて暴れまわったらしい。

実刑は間違いないらしいが、場合によっては帝都にある精神医療専門病院に収監される可能性も出てきたという話だ。

「で、これが今回の報酬だ。お疲れさん」

その話が終わると同時に、報酬支払いの手続きが終了した。

その金額は約束通り、最初の固定額の36万クレジット。

ではなく、45万クレジットになっていた。

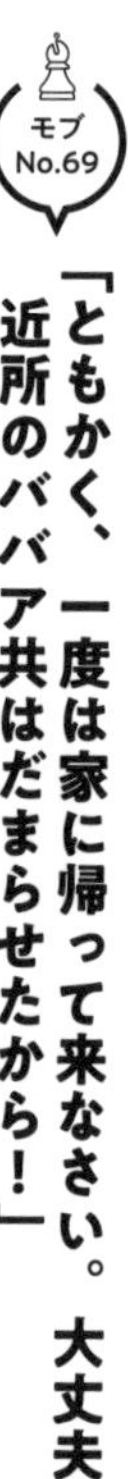

その話が終わると同時に、報酬支払いの手続きが終了したので、そのまま銀行に向かうことにした。

その理由は、前回の『ハンズ・ブラザーズ』を取り逃がした時に襲撃してきた戦闘機を売り払った金が、腕輪型端末（リスト・コム）にはいったままなのと、両親への仕送りをしてなかったからだ。

つまり今現在、生活用の金とは別に１２００万クレジットもの金が手持ちにあると言うことだ。

気がついたからには、出来るだけ早いとこ銀行に入れておきたい。

その銀行に向かう途中、不意に電話がかかってきた。

誰だろうと相手を確認したら、父さんからだった。

「もしもし父さん？　どうしたの突然？」

『お前、今どこだ？』

「ギルドで仕事の色んな手続きが終わって、家に帰るところだけど？」

『ギルドってことは今いるのは惑星イッツだな？　だったら会わないか？　実は母さんの姪（めい）っ子の結婚式に呼ばれてイッツに来てるんだ』

そう言われてよく見れば、父さんの格好が作業着や普段着ではなく背広だった。

母さんの姪っ子とは、子供の頃には会ったのかもしれないがはっきりいって記憶がない。

当然だが父さんと母さんは面識があるのだろう。

ともかくせっかく来ているなら久しぶりに会うことにしたいと思う。

「あー。そっちは今どこにいるの？」

『今ちょうどパルベア駅だ』

パルベア駅は傭兵ギルドから一番近い公共交通機関だ。

「近いね。だったらそこの近くにある『ペガサスメテオ』ってファミレスで落ち合うのでいい？　ちょっと用事も済ませてくるから40分ぐらいかかるかもだから、遅れるようならまた連絡するよ」

『わかった。またあとでな』

父さんからの電話を切ると、そのまま銀行にいき、前回の買取額と今回の依頼料との合計報酬１２００万クレジットの２／３、８００万クレジットを口座に入れてから、約束したファミレス『ペガサスメテオ』にむかった。

僕がファミレスに到着すると、父さん達は既に到着してソファー席に座っていた。

「お待たせ」

「久しぶりねジョン。元気そうで良かったわ」

「母さんは……痩せたね……」

「カラオケと毎日の畑仕事のおかげよ！」

久しぶりに会った母さんは、別人のようにほっそりしていた。

実は痩身治療を受けたんじゃないだろうか？

でもまあ、健康的になったんだから問題ないだろう。

それよりも大事な話がある。

「そうだ父さん。借金の方はどうなったの？」

「ああ、お前が送ってくれた金で、元金利息含めて全て返済できた。借用書もこのとおりだ」

父さんが見せてくれた借用書は、間違いなく本物だった。

というか父さん汎用端末に入れっぱなし（もちあるぃてた）なのか。

「完済できて良かったよ。変な横槍（よこやり）もはいらなくて良かったね」

金融機関がまともだったとしても、濡れ衣（ぬれぎぬ）を着せた連中が難癖をつけてくる場合もあるので警戒していたのだけれど、それもなかったのはありがたい事だ。

「お前には迷惑をかけたな。大学も諦めさせてしまった」

父さんはそう言って申し訳なさそうな顔をする。

「でもまあ、おかげで稼ぎのいい職につけたからね。そこは有難いよ」

これはたられればだけど、もし僕が大学を出ていたとしても、ろくな就職先はなかったと思う。

条件のいい所は貴族が押さえているだろうし、企業によっては見た目採用をしているところも多いし、人材を育てず即戦力だけ欲しがるところや、激務を押し付ける癖に給料が激安だったりするところも多々ある。

なにより僕にはアピールポイントがなかったしね。

それにくらべれば、容姿関係無しの完全実力主義で、ハイリスクだがハイリターンの傭兵は有難い職場だろう。

ある意味、高一の時の事件は僕に将来を指し示してくれたといえる。

そんなことを考えていると、いつの間にかチョコレートパフェを注文していた母さんが、

「ともかく、一度は家に帰って来なさい。大丈夫！　近所のババア共はだまらせたから！」

と言った。

近所のババア共と言うのは、僕の仕事が傭兵だと聞いて、色々悪口を広めてくれた人達で、僕がその話を聞いて実家に行くのを避けている原因だ。

顔すら知らないけど。

そのババア共を黙らせたというのは実に気になった。

「なにやったの？」

「『うちの息子は月に3回も仕送りをしてくれるんですよ。しかも今月は1回に200万も送ってくれたんですよ』って言ったら、即座に掌返してきたわ！」

それって毎回おんなじ額じゃないのは知ってるよね？

なんで毎回そんな額をもらってるみたいな感じだしてるわけ？

多分母さんも腹に据えかねていたんだろう。

それに僕としてもあんまり強くは言えない。

なぜなら、今から渡す分はさっきの話に拍車をかけることになるからだ。

「あーじゃあこれその仕送り。2回分の報酬をあわせた額の3分の1にしてあるから」

「もう借金はないんだぞ？」

僕が腕輪型端末（リスト・コム）を差し出すと、父さんが咎（とが）めるように言ってきた。

借金も無くなったのに何故（なぜ）だ！　といったところだろう。

「僕の仕事のモチベーションにつながるから受け取ってよ」

しかし当分は止（や）めるつもりはないので、腕輪型端末（リスト・コム）を軽く前に差し出す。

「……わかった。ありがたく受け取っておく」

父さんはため息をつき、諦めた感じで受け取ってくれた。

その金額は、1155万と45万の合計1200万の1／3の400万クレジットだ。

「……すごいわね。これで3分の1なの？」

その金額に母さんはかなり驚き、

「たった2回の仕事で私のサラリーマン時代の年収を軽く越えるのか……」

父さんは落ち込んでしまった。

たしかに報酬はいいけど、その代わり命懸けだからね。

それから軽くフリーズした両親を再起動させ、久しぶりの家族での食事を楽しんだ。

食事が終わると同時に、母さんがまたパフェを頼んだので、そのタイミングでちょっとトイレにいった。

あれはすぐにリバウンドするね。

そうしてトイレから出て、通路に出たところでパーカーでフードを被ったお客が店に入ってきた。

真っ昼間で雨も降ってなければ、寒い季節でもないのにフードを被るのには、なにか理由があるんだろうなんて考えていると、その客が僕の方向をじっと見つめてきた。

すると不意に腰を落とし、パーカーのポケットから手を出した。

その手には銃が握られており、そのフードの端からは一瞬ピンクの髪が見えた。

それを見た瞬間、僕はトイレの方に身を隠した。

それと同時に轟音が響き、近くのソファーが破壊され、店内には悲鳴が響き渡った。

席に人が座ってなかったのが幸いだった。

刑務所なり病院なりに収監されたはずのコイツがどうしてこんなところにいるのか？

色々気になったが、僕は壁の陰に隠れつつ、

「逮捕されたんじゃなかったでしたか？」

と、アコ・シャンデラ(ピンクあたま)の注意を自分に向けさせるべく話しかけた。

「あんなのは不当逮捕よ！　貴族の男爵令嬢の私が庶民に金銭を上納させたり、銃で撃ったからって罪になるわけないでしょう？」

ピンク頭は、さも正当な自分の権利を主張しただけといった感じだった。

「それで僕を襲いにきたと？」

「ここに入ったのは偶然よ。でもちょうどいいわ。男爵令嬢たる私の命令に背いた下民を粛清してやるわ！　あの生意気な受付の女もね！」

あれは間違いなく話し合いは出来ないよね。

あと受付の女ってのはゼイストール氏のことで間違いないかな。

ともかくピンク頭が僕に気を取られている内に、店員さんがお客さん達を逃がして、警察に連絡をしてくれるとありがたい。

が、ピンク頭の様子から見るにこのままだと他に被害が出そうなので、迅速な対処が必要かもしれない。

僕は熱線銃(ブラスター)をホルスターから抜くと、街中では必ずかけている安全装置(セーフティー)を解除(はず)した。

モブ No.70

「嫌になったら戻って来なさい。しかしそれまでは、立派に仕事をやりとげるんだぞ」

よく考えれば、自分で警察に連絡すればいいのに、何で店員さんに期待したかな。

父さんと母さんがいるから焦ったかな。

ともかくアコ・シャンデラの注意を引き付けないと。

「僕が目当てなら場所を移動しませんか？　店に迷惑ですよ」

「ここに居るのなんかどうせ全員下民でしょ？　どうなろうが知ったことじゃないわ。なんなら何人か殺してもいいわね。それが嫌だったら今すぐ殺されなさい！」

これは不味いなぁ。

警察が到着するまでは時間稼ぎしなきゃって思ったけど無理っぽい。

でも多少はこっちにヘイトが向いたおかげで、お客さん達が少しずつ店の外に脱出できている。

とはいえ、いつお客さん達に向かって銃をぶっぱなすかわからない。

僕はたまたま落ちていた銀のトレイを手に持ち、角から出ると同時にピンク頭に投げつけて視界を奪い、右太股を狙って引き金を引いた。

銃を持ってる手を狙えばいいのだろうけれど、僕にそんな腕はない。

ならば胴体をと思うけど、ピンク頭が熱光線反射防護服(リフレックスジャケット)を着ていた場合、ビームが反射して周りに被害がでる。

熱光線反射防護服(リフレックスジャケット)は首と手以外の上半身全体をカバーしているので、顔を狙えば眼(め)も潰れるし気絶も期待できるし当たらなくても十分怯(ひる)むだろうが、外れたビームが店舗の壁に当たって、その破片がとびちったり、ビーム自体が誰かに当たったりしてもやばいし、当たったら当たったで、スプラッターなことになりかねない。

両親や子供達も居るから殺しはまずいので、頭を狙うのは止(や)めておいた。

ピンク頭はトレイを銃の台尻で叩(たた)き落とす。

その瞬間に、僕の熱線銃(ブラスター)が無事に右足太股に着弾し、

「ぐあっ!」

と、悲鳴をあげて体勢を崩した。

もちろんそれだけでは駄目なので、体勢を崩した瞬間を狙ってピンク頭に接近しつつ、更に足のどちらかを撃って転ばせてから銃を弾(はじ)き飛ばしてやろうと思っていたが、ピンク頭が悲鳴をあげて体勢を崩したと同時に、ピンク頭の頭部になにかのビームが着弾した。

するとピンク頭は白目を剝(む)き、そのまま地面に倒れ込んだ。

「ジョン!　大丈夫か?」

ピンク頭が倒れたのを見て、父さんが心配そうに近寄ってくる。

「大丈夫だよ！　それより、現場保存しないといけないし、その女が起きたら危ないから近寄っちゃだめだよ！」

が、父さんだけじゃなく他のお客さんにも、現場保存のために近寄らないようにお願いした。

ピンク頭が意識を取り戻す可能性もあるからね。

それからテーブルの上のナプキンを使ってピンク頭の銃を確保する。

それからビームの飛んできた方向に視線を向けると、タイトスカートのスーツ姿の女性が、銃をジャケットのホルスターにしまいながらこちらに歩いてきた。

「対処が遅れてすまないな。私が最初にいた位置からは射撃が難しく、移動をしていたのでな」

歩いてきた人は、ブルーの瞳に金に近い栗色（くりいろ）の癖毛の長い髪を首の辺りで縛ったかなりの美人だった。

「いえ、助かりました。ありがとうございます」

僕も銃をしまい、女性にお礼を言う。

そこにサイレンが鳴り響き、警察と救急車がやってきた。

ピンク頭は拘束されつつ担架に乗せられ、運び出されていった。

鑑識作業が始まると、刑事さんが話しかけてきた。

「どうも。関係者はどちらで？」

「私です」

「お名前とご職業は?」

「ジョン・ウーゾス。傭兵(ようへい)です」

警察としては、僕の方になにか原因があるのではと疑っているのだろう。

まあ当然だね。疑わない方がおかしい。

「こちらは?」

そうして、僕のとなりにいた女性にも話を聞いた。

「私はルナリィス・ブルッドウェル。帝国軍少将と伯爵の位をいただき、中央艦隊討伐部隊第5艦隊司令官を務めている。今日は非番で、友人との食事中だった」

それを聞いて、僕も刑事さんも眼を丸くした。

この人があの第5艦隊司令官のルナリィス・ブルッドウェル少将とはね。

「では、皆さんには少々のお時間をいただき、お話を聞かせていただきます」

僕と少将閣下に話しかけてきた、責任者らしい刑事さんの指示で、何人かの刑事さんや警官が、お客さんや店員さん達に事情聴取を始めた。

そうしてようやく両親と話せる時間ができた。

「大丈夫だったジョン?」

「お前、あの女性に何かしたのか?」

「僕の方が仕事の報酬が多かった事に対しての八つ当たりだよ」

心配する両親に事実を伝える。

「それは災難だったな……」

「非常識な人がいたものね」

両親は僕の話を信用してくれたらしい。

傭兵ギルドでは、人の話を聞かずに思い込みでしか話をしないのが多いから、両親の対応は本当にありがたい。

「普段は艇での仕事がメインで、生身でのこんな事はまずないよ」

「いますぐやめて欲しい気もするけど、そうはいかないんでしょう？」

「僕には……これしかできそうにないからね」

母さんが心配そうな顔をするが、今この仕事を辞めるわけにはいかない。

心配をかけてしまうが、これぱかりは譲れない。

「嫌になったら戻って来なさい。しかしそれまでは、立派に仕事をやりとげるんだぞ」

そう言ってくれた父さんの表情は、なんとなく嬉しそうだった。


そうして、お客さんと店員さん全員に対して行われた事情聴取では、僕の両親を始めとした全ての人が、

○ピンク頭が先に銃を抜いた。
○自分達（客）を下民と呼び、「何人か殺してもいいわね」と発言した。
という内容で一致した。

さらには店の防犯カメラにも一部始終が録画・録音されていたらしい。

そしてなにより、帝国軍中央艦隊討伐部隊第5艦隊司令官ルナリィス・ブルッドウェル少将閣下の証言と、警察内部にピンク頭の捜索命令が出ていたおかげで、僕の正当防衛及び無罪が確定した。

ちなみに少将閣下が所持していた銃は、ネオサウス社の『トライショット』という、光線銃（レイ・ガン）・熱線銃（ブラスター）・麻痺銃（パラライザー）を切り替えられる銃で、帝国軍は緊急時の逮捕権も有しているので、状況によって切り替えのできる『トライショット』を正式採用しているそうだ。

とはいえほとんどの人は『トライショット』は予備に回し、自分の好みの銃を携帯しているらしい。

少将閣下が『トライショット』の麻痺銃（パラライザー）を使用したのは、子供がいたからという理由らしい。

そして今回の事件の現場になってしまったファミリーレストラン『ペガサスメテオ』パルベア駅前店の店長さんは、今回の事に巻き込まれたお客さん全員の代金を無料にし、今後は店舗建物と防犯体制の強化を約束し、今後もご愛顧を頂きたく思いますと、丁寧に説明と謝罪と決意を述べた。

そうして全ての事態が終了し、ようやく解放される運びとなった。

☆　☆　☆

【サイド：アコ・シャンデラ】

私が意識を取り戻したのは水の中だった。

口には呼吸用のマスクが着けられている。

どうやら、再生治療用のカプセルに入れられているらしい。

下民に撃たれた脚の治療のためだろう。

それぐらいでカプセルは大げさだけど、貴族である私に最高位の治療は当たり前よね。

あの下民のせいで私は犯罪者扱いをされた。

しかし私が収監された直後に、何者かが私を脱出させてくれて、服と資金と銃と熱光線反射防護服(リフレックスジャケット)を献上してきたわ。

私に献上をしてきた下民が自分達のリーダーに会ってくれと言ってきたけど、下民なら自分から挨拶に来なさいよね。

ともかく、救いの手が差し伸べられるということは、やっぱり私は神に選ばれた者なのね！

男爵の位を持ち、シャンデラ商会という優秀な会社を所持していた御父様(おとうさま)が冤罪(えんざい)により逮捕され、爵位も商会もとりあげられた。

そのために屋敷を売り、みすぼらしい集合住宅なんかに住まなくてはならなくなったし、生活も貧しいものになってしまった。

私は幸い銃と戦闘艇の操縦の腕には自信があったので、傭兵として身を立てる事にした。

私の実力なら、1年も経(た)たない内に最高位の王階級(キングランク)になれる。

そして最高位になった時に、御父様を冤罪で追い落とした皇帝陛下(あのおんな)を地べたに這(は)いつくばらせてやる！

なのに傭兵ギルドは私を騎士階級(ナイトランク)から上げようとしない。

試験をうけるための条件？

この私がどうしてそんな条件を飲まないといけないのよ！

あの受付の女は皇帝陛下(あのおんな)の手先だったから、私に昇級試験を受けさせないのよ！

この治療が終了したら、即座に襲撃に向かわないとね。

そういえば『羽兜(フェーダーヘルム)』って私を差し置いて昇級した下民がいたわね。

あれに私の配下になることを許可してやりましょう。

泣いて喜ぶでしょうからね。

悲劇のヒロインの華麗な復讐劇(ふくしゅうげき)はこれからよ！

すると、カプセルの外から声が聞こえてきた。

以前私に色々献上してきた下民の声だった。

すぐに私のためにやってくるのは素晴らしい忠誠心ね。褒めてあげる。

何？　何を言ってるの!?

あれ？　おかしい？　動悸が……はげしく……

なんか……目の前が……まっ……く……ら……に……

☆　☆　☆

【サイド：怪しい男達】

「いいんですか？　せっかくの使い捨てを潰して」

「こっちの命令を聞かないんだ。使えない道具は潰すしかないだろ。おまけに第5艦隊の司令官に顔まで見られたからな。自爆のために潜り込ませることも出来なくなったんだぞ？」

「そりゃ捨てるしかないですね。で、それが例のやつですか？」

「ああ。これを治療液に注入すれば、心臓発作で死んだようにしか見えないし、薬が混入した形跡も発見されない。……注入完了。さ、戻って一杯やろうぜ」

「そうっすね」

「お？　なんだあ？　キモデブがいるぜ！　前に身の程って奴を教えてやったはずなのによぉ」

　ピンク頭の襲撃事件に関する事情聴取が終了・解放され、父さんも母さんも怪我はなく、そのまま帰っていいことになった。

　久しぶりに会ったのだからと思い、

「父さん達はどうするの？　買い物とか行きたい所があれば荷物持ちくらいは付き合うけど」

　同時に財布ぐらいにはなろうかと提案したのだけれど、

「けっこうよ。お父さんと久し振りのお出かけだもの。２人でゆっくりしたいわ。貴方から軍資金もたっぷりもらったしね」

　と、母さんからやんわりと断られた。

　まあ確かに夫婦の時間を邪魔するのは悪いかな。

「わかった。楽しんでおいでよ」

　そうして両親は、繁華街に向かっていった。

　もしかして、この歳になって弟か妹が出来やしないだろうな……。

　ともかく今日は帰って寝よう。疲れた。

そうしてよく眠った翌日訪れた傭兵ギルドは、いつもと変わらない様子だった。

「お前は不幸の星の下に生まれているらしいな」

「そういうのはアーサー君やランベルト君やユーリィ君の専売特許ですよ」

ローンズのおっちゃんは、笑いながらからかってくるが、はっきりいって冗談じゃない。

僕をからかったことに満足した後、ローンズのおっちゃんは急に真剣な表情になると、

「あのピンク頭だがな、脱走を手引きした奴がいたらしい」

ピンク頭に遭遇した時の疑問の答えを話してくれた。

「ですよねぇ」

「で、本人はお前に撃たれた傷と少将閣下に撃たれた麻痺銃の治療のために収容されていたカプセルで、治癒中に心臓発作で死んだらしい」

そのおっちゃんの報告に僕は恐怖を覚えた。

「明らかに処理されてんじゃん……」

「あの性格だからな。脱獄させて駒に使うつもりが、勝手をするんでってとこだな」

おっちゃんもなんとなく嫌そうな顔をしていた。

こうなったら、いや、ならなくてもこれ以上あのピンク頭についてはなにもしない方がいいだろ

う。

それにしてもこう心労が続くと、はっきりいって労働意欲がなくなる。

かといって仕事を、しないわけにもいかない。

「戦闘のない依頼を受けたい……」

となれば、妥協してこんなところだろう。

「それなら、1ヶ月拘束で依頼料はまあまあ。戦闘は皆無な依頼があるぞ。掲示板に掲載されてない奴なんだがな」

ローンズのおっちゃんは掲示板に掲載される前の依頼書を見せてくれた。

その依頼は、惑星トスレの遺跡発掘の現場で、ベースキャンプから発掘現場までの人員の移動や発掘用機材・発掘品の運搬用のコンテナ船の運転がメインで、あとはベースキャンプで待機。時折雑用というものだ。

専属の人がいたらしいのだが怪我をしてしまい、現在は不馴れなスタッフが運転しているらしい。

「拘束期間が1ヶ月かあ……」

「だが戦闘は間違いなく皆無だぞ。景色もいいし、水も空気もいい」

掲示板の方の依頼を見てみるけれど、海賊退治や護衛の仕事がほとんどだった。

「まあ確かに、他の仕事は戦闘が発生しそうだしね。今日はあれだから明日出発でいい？」

「おう。準備もあるだろうしな」

そうして依頼を受け、傭兵ギルドを後にした。

それにしても、1ヶ月も拘束されるなら読んだことのないラノベや漫画やアニメデータカードをまとめて買ってもいいよな。

あ、昔の作品や、今連載中のバックナンバーを読み返すのもいいかな。

『僕の姉がこんなに可愛いのは間違ってる』とか、『俺に友達はいない』とか、『限界超越ガロンバロン』とか久し振りに見てみたいかもしれない。

取り敢えず『アニメンバー』に行くことにしよう。

『アニメンバー』では『Assassin × Family』の新刊を買い、『せいざばん』では『カウガールスウィング』のアニメデータカードがセットであったのでこの際買っておいた。

そうして『アニメンバー』から出てきた時に、意外な人から声をかけられた。

「奇遇ですねキャプテン・ウーゾス」

それは、先日バイオロイドの身体を手に入れた、意思のある古代兵器の小型戦闘艇WVS-09・ロスヴァイゼさんだった。

「やあどうも。じゃあ僕はこれで……」

恐れていた事態が起きてしまった。

なので僕は即座に離れようとした。

が、ロスヴァイゼさんに捕まってしまった。

「ちょっと。どうして避けるんですか？」

「今話題の『羽兜（フェーダーヘルム）』の相方と一緒にいたら変な噂（うわさ）を立てられかねませんからね。今日はランベルト君はいないんですか？」

ロスヴァイゼさんと二人きりなんか、本当に危ない。

せめてランベルト君がいるなら安全弁になってくれるんだけど、

「少し前に知り合ったレビン・グリセルって人と一緒にどっかの商店街へ行くって……」

どうやらそれは期待できそうにない。

となれば、大人しく話をするしかないだろう。

無理に断ったりすると、そっちの方が危ない。

「それで僕に何かしら用があるんですか？」

「ちょっと聞きたいことがあったんですよ。立ち話もなんですからあそこで話しませんか？」

そうして彼女が指差したのは、僕の苦手な有名お洒落（しゃれ）カフェチェーンだった。

店員や客の視線に耐えつつ、ロスヴァイゼさんはストロベリーなんちゃらフラペチーノを注文し、僕はMサイズであるトールサイズのブレンドコーヒーを頼んだ。

そうして席に座ると、さっそくロスヴァイゼさんが話しかけてきた。

「キャプテン・ウーゾス。貴方に単刀直入に伺いたいのですが、私が最初に貴方に接触した時、貴方はなぜ私を拒否したんですか？」

僕はその質問に驚いた。

何人かに頼んで断られているのだから、わかっているものだと思っていたからだ。

そして彼女の話は続く。

「『黒い悪魔』ことアルベルト・サークルートは自分専用のハイスペックな機体を持っていました。私の劣化版といった感じの。親衛隊長のキーレクト・エルンディバー将軍は私が必要ないほどの部下がいました。これなら確かに私は必要ないでしょうし、断られた理由も、不愉快ですが理解しました。でも貴方だけは、優れた機体があるわけではなく、優秀な部下がいるわけでもない上に、理由も言わずに断りました。その理由を聞きたいんです」

確かにあの時、頭では断る理由を考えてたけど、口に出してはいない。

本人が聞きたいというなら話しても構わないだろうが、不愉快になったりしないだろうか？

「聞いても怒らないなら」

「冷静に判断しますので」

なので予防線を張ったところ、ロスヴァイゼさんからはＧＯサインがでた。

なので、断った理由を話すことにした。

「ギルドを見たならわかると思いますけど、僕は一部の職員・傭兵から蔑（さげす）まれています」

「そんな感じがありましたね。まあ、貴方の実力を見抜けないバカな人間共ですよ」

ロスヴァイゼさんは吐き捨てるようにそう言った。

「で、その人達は僕が貴女(あなた)みたいな綺麗(きれい)で性能のいい船を持っていると強奪しようとしてくるんですよ」

「暴力的な事なら十分対処できるのでは？」

「数で囲まれたら勝ち目はないですね。連中は数で押してくるのは得意だから」

それに僕は主人公(ヒーロー)じゃないから救いの手も現れないしね。

「もう一つの手段は権力ですね。貴族が『アレは元々俺の物だ』って主張して、警察と司法の偉い人にお菓子を渡せば晴れてそいつのもの。捕まった僕は謎の獄中死を遂(と)げるわけです」

「それを回避するために拒否したと？」

「そういうことです」

「なるほどわかりました」

ロスヴァイゼさんは宣言どおり怒る事はなかった。

「私の性能が気に入らないとかではなかったのですね」

それどころか安堵(あんど)したような様子だった。

まあ戦闘艇(ほんにん)としては、『使えないからいらない』と、言われるのが一番辛(つら)いのかもしれない。

まあ断った理由の一番は、搭乗員をあっさり乗り換えようとするところなんだけどね。

「そうだ。僕からもちょっと聞きたいことがあるんですが」

「なんでしょう？」

「実は依頼で惑星トスレの遺跡に向かうんですが、そこの遺跡についてなんか知りませんか？」

ロスヴァイゼさんが古代兵器なら、惑星トスレの遺跡の事を知っているかもと思い、好奇心から尋ねてみた。

「私も詳しくは知りませんね。一部の特権階級が、美的景観保護の名目で、自分達の別荘と防衛基地の土地以外の平坦(へいたん)な土地を、全て山岳地帯に造り替えたぐらいですか。要は選ばれた者しか別荘を建てられないようにしたというぐらいしか……」

いや、それは十分な情報でしょう。

今度の仕事場になる発掘現場の惑星トスレ。

大気は人類が生息できる成分で、水が豊富で緑がたっぷりだが、地面の１００％が固い岩石な上に、平たい場所が１％しかなく、そこを除けば、海上か空中にしか住めない星だ。

そこの僅かな平地を開発していた最中に古代遺跡が発見され、開発は中止になったが、今度は観光地にする計画が持ち上がったらしい。

そんな惑星トスレの現在の惑星環境が、権力者のわがままによって作られたとは、学者の人たちが知ったらどうなるんだろう？

そんなことを考えていた時に、聞きたくもない奴の声が聞こえてきた。

「お？　なんだあ？　キモデブがいるぜ！　前に身の程って奴を教えてやったはずなのによぉ」

それは、イレブルガス商事の社長子息で、現在は親の会社を継ぐために遊学中という、それはそれはスタイリッシュな生活をしているアロディッヒ・イレブルガスだった。

モブ No.72

「安全装置（セーフティー）がかかっているとはいえ、こんな町中で銃を抜くものではないわ」

僕の学生時代。

通っている学校で、一部の生徒達（たち）から蛇蝎（だかつ）のごとく嫌われていた男、アロディッヒ・イレブルガスが、僕の目の前にいた。

高級品らしいスーツや靴や時計を見せびらかすように身に着けていた。

イケメンで金持ちなので尻の軽い女の子は寄ってくるし、金とおこぼれ目当ての取り巻きもいた。

そして今現在も、数人の女性をつれ、学生時代のメンツはいないが取り巻きもつれていた。

蛇蝎のごとくと言ったが、蛇や蝎（さそり）の方がまだ好感が持てるだろう。

「ここはキモデブが来る店じゃねえって言ったよな？　なんで来てんだよ？」

学生時代同様に、明らかにこちらを見下した様子で話しかけてきた。

「仕事関係の人に誘われたのでね」

その質問にはこう答えるしかない。

同行しているロスヴァイゼさんがここでと言って来たのだしね。

プライベートなら今でも使わないが、仕事なら仕方ないだろう。

しかしながらイレブルガスはそんなことは理解しておらず、

「仕事だあ？　関係ねえよ。『自分にはこの店は相応しく無いです』って相手に言えよ」

と、僕を嘲笑しながら不躾にロスヴァイゼさんの顔を覗き込んだ。

「おい！　お前みたいなのがなんでこんな上玉と一緒なんだよ？」

そのことに、さらに腹を立てたらしく、僕の足を蹴りつけてきた。

そうしてロスヴァイゼさんに詰め寄ると、

「ねえ彼女。こんなキモデブなんかじゃなくて俺達と一緒にこいよ」

さっそくナンパをしていた。

ロスヴァイゼさんはイレブルガスに視線すら向けず、

「邪魔よ。いま仕事に関係する話をしているの」

と、言い捨てた。

仕事というよりはプライベートに近いが、イレブルガスを邪魔に感じたのか話を合わせてくれた。

「仕事関係なら俺の方が有意義だぜ。何しろ俺はイレブルガス商事の次期社長だからな。商売の上でも付き合った方が得だぜ？」

しかし、イレブルガスは気にする事なくロスヴァイゼさんに声をかけ続ける。

それに苛立ったロスヴァイゼさんは、司教のマークが入った傭兵の登録証明書をイレブルガスに見せつけ、

「私の仕事に貴方は不要なの。邪魔だから消えなさい」

と、イレブルガスを睨み付けた。

するとイレブルガスは何故か僕を睨み付け、

「ふざけんなよこのキモデブ！　てめえがなんか吹き込んだな!?」

と、理不尽な主張をしてきた。

「いや、そんな暇なかったでしょう」

イレブルガスが話しかけてくる前にはイレブルガスの話はしていないし、話しかけてきてからはロスヴァイゼさんとは会話をしていない。

まあ、イレブルガスがそんなことに気がつくわけはない。

「てめえがデタラメ吹き込まなきゃ、俺が女に拒否されるわけねぇだろうが！」

そうブチ切れていきなり銃を抜いた。

イレブルガスがもっていたのは、ラエミテッドインダストリアル社製の大口径拳銃の『サンドホーク』だった。

とにかく威力の馬鹿でかい熱線銃で、戦場や未開惑星での探索に使用することが大半だ。

登録をすれば違法ではないけれど、民間人がこんな町中で携帯するのには向かないものだ。

「ビビったか？　こいつは車ぐらい簡単にぶち壊せるんだ！　お前みたいな貧乏人には手に入らねえだろうがな！」

確かになかなか高価な銃だけど、扱えるんだろうか？

少なくとも僕は扱えない。

普通、光線銃であれ熱線銃であれ反動はわずかなものだし、モノによっては反動が皆無なものもある。

しかしこのサンドホークにはかなりの反動がある。

熱線銃としては欠陥品ともいえるが、『この火力と反動がいい！』というファンも多い。

イレブルガスはそのサンドホークを片手で構え、こちらに突きつけてくる。

「俺はな。傭兵になってないだけで、強さだけなら王階級確定なんだよ！　理解できたら土下座だ！　さっさとしろやキモデブ！」

なにを基準にそんなことを言っているのかはわからないが、間違いなく現役の王階級には勝てないと思う。

そして多分僕にも。

やっぱり、射撃訓練や格闘訓練、何よりも、大半が戦闘艇とはいえ実戦を重ねてると、一般の人よりは冷静に戦闘ができるんだなと実感してしまった。

それに、僕はあることに気がついたので、席を立ってイレブルガスの前に立とうとした。

しかし僕が立つ前に、ロスヴァイゼさんがイレブルガスの前に立った。

「ああ？　なんだよ？　お前が土下座するのか？」

イレブルガスが薄ら笑いを浮かべながらロスヴァイゼさんに銃を向けた瞬間。

ロスヴァイゼさんは銃を持っているイレブルガスの腕の関節を内側から押し、銃を持つ手を外からも押して銃ごと顔面に叩きつけ、そのまま銃をもぎ取りつつ相手の腕を取り、取り巻きのいる方に投げ飛ばした。

イレブルガスは床を転がって取り巻き達の足元に転がった。

その連中に向かって、ロスヴァイゼさんは奪い取ったサンドホークの銃口を向け、躊躇なく引き金を引いた。

が、カチッという音がしただけだった。

「安全装置がかかっているとはいえ、こんな町中で銃を抜くものではないわ」

ロスヴァイゼさんはそう話しながら、サンドホークをあっという間にメンテナンス用の分解をし、バラバラにしてから、イレブルガスに返却した。

よく扱う人じゃないと戻すのは大変だろうな。

「最後通告よ。邪魔だから失せなさい。まだ居座るようなら、ただでは済まさないわよ？」

そしてロスヴァイゼさんはかなり苛立った様子でイレブルガスを睨み付けた。

どうやら相当気に障っていたらしい。

そのロスヴァイゼさんの眼光にイレブルガスと取り巻き達は怯えた表情をし、

「くそっ！　気分が悪ぃから行くぞ！」

分解された銃を拾ってから、負け惜しみを言いつつ店を出ていった。

イレブルガスが退店したのを確認すると、ロスヴァイゼさんが僕に頭を下げてきた。

「申し訳ありませんキャプテン・ウーゾス。ご自分で制裁したかったでしょうに。でもあの生物がどうしても気に障って……」

「こちらこそすみません。僕の事情に巻き込んじゃって」

今回僕の事情に巻き込んでしまったことになるわけだが、ロスヴァイゼさんは申し訳なさそうに僕に謝罪してはいるものの、その表情は実にスッキリとしていた。

あいつがよっぽどウザかったんだろうな……。

その気持ちはよくわかります。

「そもそもあれはなんです?」

「学生時代のクラスメイトって奴(やつ)です。友人ではありませんけどね」

「厄介なものですね。無力化すればよいのでは?」

「あれであいつが撃ってたら正当防衛が成立してましたよ」

「次に絡まれたら、撃つまで放置して、正当防衛で完全に無力化してしまいましょう!」

そのロスヴァイゼさんの表情は、本気でソレをやる気満々だった。

ロスヴァイゼさんと別れてからはホームセンターに行き、水や食料を買い込み、ギルドの駐艇(ちゅうてい)

場の方に届けてもらうようにお願いした。

それからゴンザレスの所で惑星トスレの情報を買ってから、闇市商店街で昼夜用の食材やお惣菜を買った。

ちなみに例のお肉屋さんで、『新たなる地の底の生命を揺り潰しモノにて顕現する至福の黄金』というネーミングの新じゃがのコロッケ。

『油泥に落ちし貪欲たるオークの死骸』というネーミングのロースとんかつ。

『白濁に溺れし海獣の繭・沈黙を生みし紅殻』というネーミングのカニクリームコロッケを買った。

そして帰る途中のコンビニの駐車場で、両親に長期で離れる事を電話で伝えてから家に戻り、もっていくラノベや漫画やアニメを選ぶことにした。

「しかし、プロのパイロットというのは凄いな。こんな雨と風と雷のなかでこんなに安定して飛行させられるとは。素人の私達ではこうは行かない。やはりコツなどあるのかね？」

惑星トスレ。

宇宙空間から見たこの星は、海の青・木々の緑・雲の白で彩られた美しい星である。

大気は人類が生息できる成分で、水が豊富で緑がたっぷりだが、地面の１００％が固い岩盤な上に、平たい場所が１％程しかなく、そこを除けば、海上か空中に拠点を建造しないと十分な住居を確保できない星だ。

その固い岩盤に根を生やすこの星の植物は本当に力強いと思う。

その僅かな平地を開発していた最中に、古代遺跡が発見され開発は中止になったが、今度は遺跡を中心にした観光惑星にする計画が持ち上がった。

今現在はその発掘調査の真っ最中だ。

同時に、この惑星の平地がどうしてこんなに少ないのかについては、初めからこうだったとか災害とか戦争の結果だとか色々な推測がされているらしい。

そんな惑星トスレの現在の惑星環境が、古代の一部の特権階級が美的景観保護（じぶんたちだけがたのしむという）の名目で、自分達（たち）の別荘と防衛基地の土地以外の平坦（へいたん）な土地を、全て山岳地帯に造り替えた為（ため）だと判明したら、ここにいる研究者さんたちはどんな顔をするんだろう？

そんな惑星トスレの玄関口は、惑星トスレの洋上において、深さ１６０ｍの大陸棚の上に、直径１００ｍ・長さ２万ｍの杭（くい）を、六角形とその中心という形で７本、海上部分を１５０ｍ・海中部分を１６０ｍの合計３１０ｍを残して海底に突き刺し、その海上部分の海面から30ｍ離れた箇所に、直径50㎞の円形のプレートの７ヶ所を貫通させる形で固定する。

そのプレートを１階層として、50ｍ間隔で３階層まで設置する事によって完成した超巨大人工海上都市『オーシャン・パレス』だ。

その中央には、宇宙港（ポート）行きの軌道エレベーターがある。

当初は数少ない平地にあるリゾート地への出発基地として造られたが、各地で古代遺跡が発見されると、すぐに発掘調査隊の基地兼臨時研究所になった。

そのため、発掘用工具やその部品・各種端末用バッテリー・食糧・衣服・日用品・医療品などの店舗や、飲食店・入浴施設・宿泊施設・クリーニング店・コインランドリーなどの施設は充実しているが、それ以外の娯楽施設、書店・遊技場（ゲームセンター）・スポーツジム・映画館（シネコン）・賭博場（カジノ）といったものは存在せず、競技場（スタジアム）は建物だけが存在し、使用はされていない。

臨時の図書館はあるけど、歴史の資料ばかりらしい。

まあ競技場(スタジアム)では勝手に草野球をやってる連中もいるらしいけど、それはある意味物凄(ものすご)く贅沢(ぜいたく)な気がする。

研究者にとっては遺跡全てがアクティビティだから良いのかもしれないけれど、作業員として働いている人達は退屈極まりないだろう。

その超巨大人工海上都市では、大学教授や個人での研究家のチームに、一番上階である第3階層に一定のエリアが与えられ、そこを研究基地として使用している。

遺跡1ヶ所を1つのチームが調べ、その遺跡で発掘されたものをここに持ち帰り、様々な計測・考察をするのが目的だ。

僕が今回雇われたのはそんな調査チームの一つである帝都グロールムス大学の考古学教授フロリナ・テーズ氏のチームだ。

「いやあ、よく来てくれた。私たちも貨物船(カーゴシップ)を運転出来ないことはないが、着陸の時など危なっかしくてね」

僕と握手をするテーズ教授は30代半ばの美女で、身体(からだ)を鍛えているのか背も高くてスタイルもよく、発掘・探索用の作業着にブーツという格好をしていても、一見大学教授には見えない。

「じゃあ、この船で現場に送り迎えすればいいんですね。そして皆さんを現場に運んだ後は、現場にいてもいいし、都市(ここ)に戻ってもかまわないと」

操縦を頼まれた貨物船（カーゴシップ）は、一世代前の奴（やつ）だが信頼性が高く、いまだに現役のサンフィールド社製『キャリーエースⅢ型』だった。

　これならパッチワーク号（じぶんのふね）ほどじゃないにしろ、それなりに動かせるだろう。

「そのかわり、連絡があったらすぐにこられるようにはしておいてくれ。地図と発掘場所は船にインプットしてある。明朝からよろしくたのむよ」

「わかりました。よろしくおねがいします」

　まず最初の仕事は貨物船（カーゴシップ）の点検からかな。

　サンフィールド社製『キャリーエースⅢ型』は、一番普及してるタイプの貨物船（カーゴシップ）で、操縦性も素直で癖のない扱いやすいやつだ。

　その点検をしている時、何かの荷物をはこんでいたテーズ教授の教え子らしい女子学生が、足を滑らせて荷物を僕に投げつけてきた。

「あっ！　すみません！　大丈夫ですか？」

「い……いえ、大丈夫ですから……」

　僕が大丈夫だからと答えると、女子学生は謝りながらどこかに行ってしまった。

　その時なぜか、ゾクリとする視線が突き刺さった気がした。

　そしてその視線の感覚は、点検をしている間、ずっと突き刺さっている気がした。

翌日からの仕事は、謎のゾクリとする視線もなく実に平和だった。

朝6時に起きたら、直(す)ぐに貨物船(カーゴシップ)の点検。

それが終われば朝食。

その後、教授たち発掘チームを発掘現場に送迎。

僕の仕事は基本この送り迎えだけで、発掘作業の手伝いはなし。

発掘に行かない人は、発掘品の復元や分析などをやっている。

発掘チームを現場で降ろしたら海上都市(オーシャン・パレス)に帰還。

呼び出しがないかぎり、迎えに行く時間までは自由だけど、ときどき発掘に必要な機械やバッテリーのデリバリーを頼まれることはあったし、発掘現場を見学させてももらった。

海上都市(オーシャン・パレス)に戻ったら、海上都市(オーシャン・パレス)内部を見回ったり、持ってきたラノベを読んだり、通信(ネット)で新しいラノベや漫画やアニメをダウンロードしたりと実に気楽だ。

夕方5時には向こうに到着するように発掘チームを迎えに行き、帰って来たら直ぐに機体の点検と燃料補給を済ませておく。

その後はまた自由時間だ。

一度教授から研究者達の飲み会に誘われて、一応行ってはみたけれど、話の内容は専門用語が飛び交いまったくわからなかったし、初日に感じたゾクリとした視線がずーっと突き刺さって来たので、あれ以降は翌日の運転があるからというのを理由に断っている。

宿泊は都市にあるホテルで、僕も1部屋あてがってもらった。

退屈と言えば退屈だけど、命の危機のない日々は本当に有難い。


その平和な仕事を始めてから3週間たった今日。

朝から雲行きが怪しかった。

といっても人間関係とかではなく天候の方だ。

この惑星に来てから初めての曇天で、今にも降り出しそうな感じだった。

いつもの時間に教授達を現場に送り届けて、海上都市(オーシャン・パレス)に戻ったとたんに雨が降ってきた。

洋上なのもあるだろうけれど、風もかなり強かった。

そして昼食を取る寸前に、危険かも知れないので早めに帰りたいと連絡があり迎えに行くと、発掘現場も相当な雨が降っていた。

船を休憩用の小屋の近くに停(と)めると、教授達が急いで乗り込んできた。

「いやあ。何度体験してもここの雨は凄(すさ)まじいな」

「そうなんですか?」

この惑星に来て長い教授達は、この雨を何度も体験しているらしい。

「降らない時は一月は降らないが、降り始めるとこのとおり、凄まじい豪雨と暴風が吹き荒れるんだ。有難いことにこの雨は3日程で収まるがね」

教授は発掘品の積み込みの間に、この惑星の気候について講義してくれた。

「積み込み終了しました！」

「よし。やってくれ」

その間に積み込みが完了したので、扉を閉めて船を発進させた。

風も強く雷も鳴っているので、発掘現場を離れたら出来るだけ低めに飛ぶことに決めた。

いくら対策をしてあっても落雷はヤバいからね。

海面近くを、出来るだけ安定するように神経を使いながら飛ぶのはなかなか大変だ。

なのに教授が話しかけてきた。

「しかし、プロのパイロットというのは凄いな。こんな雨と風と雷のなかでこんなに安定して飛行させられるとは。素人の私達ではこうは行かない。やはりコツなどあるのかね？」

おそらく本気で気になって覗き込んできたのだろうけれど、神経を使う操縦をしている時に、呑気に、かつ計器を覗き込むようにしてくるのは、操縦的にも理性的にも非常に困る。

「だめですよ教授。話しかけちゃ。この天候でこれだけ安定して飛行させるためには集中しないといけないんですから」

「おお、そうか。すまなかった」

その時、僕に以前荷物を投げつけた女子学生さんが、教授をたしなめてくれたお陰で教授が離れてくれた。

そして僕の肩に手を置いてにっこりと微笑み、

「安全運転でお願いしますね」

と、僕に声をかけつつ、肩を物凄い力で摑まれた。

その瞬間、あのゾクリとする視線の主は彼女だと確信した。

このままだとヤバいと思った瞬間、船体が激しい光に包まれた。

「雷が落ちたらしいな」

「海の上ですからね。上空よりはマシですけど」

どうやら船が雷に打たれたらしい。

対策があるから大丈夫とはいえ、食らわない方がいいのは間違いないので、

「出来るだけ急ぎます」

慎重を期しながらも迅速に海上都市に戻るためにスロットルを開いた。

それ以降は、流石に女子学生もちょっかいをかけてくることはなかった。

「実は大事な研究データを休憩所兼遺跡の一時保管所になっている小屋に忘れてしまったんだ！　あれがなければ研究が進まないんだ！」

無事に海上都市（オーシャン・パレス）に戻り、発掘品をおろしている間に船体のチェックをしたところ、特に問題はなかった。

しかし雷に打たれているのもあるし、雨で発掘もストップするようだから、分解整備（オーバーホール）をしておくといいかもしれない。

もちろん教授の許可をもらってからだけど。

「教授。大丈夫だとは思いますが、船を分解整備（オーバーホール）に出してかまいませんか？」

「そうだね。暫（しばら）く発掘は出来ないし、そうしておいてくれ」

教授から許可がでたので、整備工場のある1階層に貨物船（カーゴシップ）を移動させ、分解整備（オーバーホール）を頼み、研究エリアに戻ってくると、

「ああ、ウーゾス君！　船はもうばらしてしまったのか!?」

教授がかなり慌てた様子で僕に話しかけてきた。

「内部に忘れ物とかないかをちゃんとチェックしてから整備工場に持っていったら、工場の人達（たち）はかなり暇だったらしく、直（す）ぐにばらしちゃいましたよ？」

教授の必死の様子に驚きながらも、整備に出した貨物船の現状を報告する。

「実は大事な研究データを休憩所兼遺跡の一時保管所になっている小屋に忘れてしまったんだ！　あれがなければ研究が進まないんだ！」

教授の様子からするとかなり大事なんだろう。

安全のためとはいえ、分解整備を提案したのを申し訳なく思ってしまう。

「じゃあ僕の船で取ってきましょうか？」

「そういえば君は傭兵で、自分の船を持っていたな！」

僕の提案に、教授はすがるような視線を僕の船にむけた。

「私も同行しよう！　君では研究データがどれかわからないだろう？」

たしかに僕では、研究データの入った記憶装置やファイルがどれかはわからないだろう。

パッチワーク号のほうは、ここに来てからはあまり動かすことはなくなったけれど、昼間の時間に時々は動かしていたので調子はいいはずだ。

それに、自分の船なので癖も理解しているため、より安定した飛行が出来るだろう。

さらに雨風も少し弱まっていて、雷にも打たれる事も少ないだろうから、取りに行くなら今のうちだ。

そして乗り込む現場には、あの女子学生がいなかったのが幸いだった。

帰った時が恐ろしいけど……。

☆　☆　☆

【サイド：フロリナ・テーズ】

まったく私としたことが、大事な研究データの入った記憶装置（メモリー）をわすれてしまうなんて……。

雨のせいで焦っていたからだろうか？

いや、そんなのはただの言い訳にすぎない。

それにしても、さっきの帰りの時の貨物船（カーゴシップ）より揺れが少ないのは、帰りより雨風が弱いのもあるが、今乗っている船が、彼。ジョン・ウーゾス君の私物だからというのもあるだろう。

傭兵として扱いなれたこの船は、まさに彼の手足のようなものなのだろう。

先ほどの帰路以上に安定した飛行で、あっというまに発掘現場に到着した。

「では直ぐに取ってくるから待っていてくれ」

ウーゾス君は、操縦士としてかなりの腕前の持ち主だ。

船の入り口を小屋の近くになるように停船してくれる気遣いもできる。

出来れば専属で操縦士として雇いたいが、今現在専属で契約している人物がいる上、彼の本業は傭兵だ。

無理強いも良くない。

そうして私は小屋の中に入ってから1分経たない内に目当ての記憶装置を手にした。

まったく……忘れ物というのは嫌だな。

チェックを怠ったために、本来なら1分かからない作業を10倍以上の時間と労力を費やさないといけなくなるのだからね。

そんなことを思いながら船に戻った瞬間に不意に上から光が差した。

「なっなんだっ!?」

「船です。2隻ほどいますね」

私のように忘れ物でもしたのだろうか？

いや、だとしてもなぜ私が担当しているところにやってくる？

その時、彼の船に近距離通信が入った。

「繋げていいですか？」

その言葉に私が頷き、彼がスイッチを入れると、鷲鼻の意地の悪そうな顔をした痩せた男が画面に現れた。

「ダズブロウト博士……」

『こんばんはフロリナ・テーズ教授。こんなところで逢うとは奇遇だな』

ハロルド・ダズブロウト。

帝国子爵であり、帝都大学名誉教授であり、考古学博士でもある。

陰湿で陰険。小心者でろくな講義もできないくせに名誉欲だけは人十倍。

そのため何かにつけて私にマウントを仕掛けてくる人物(クソきぞく)でもある。

「いったい何の御用件ですか？」

なので、慇懃無礼(いんぎんぶれい)な対応をする。

こいつがこうやって話しかけてくる時は、大抵ろくなことではない。

するとダズブロウト博士(クソきぞく)は苦虫を噛(か)み潰したような顔をし、

『君は若く美しく有能だ。そして今回君が発掘調査しているこの場所からは、幾つもの出土品がでており、大きな成果をあげ、君の名声は高まっている』

言いたくも無さそうな賛辞を私に投げつけてきた。

しかし次の瞬間には憤怒の表情に変わり、

『だがそのような名誉は！　子爵であり考古学博士号を持つこの私こそがふさわしいのだ！』

と、言いきった。

私は呆(あき)れ、そして前からの疑惑が頭に浮かんだ。

この男は本当に考古学博士号をもっているのだろうかと。

「私が今担当するこの場所からはなにもでないと言い切り、逆に今貴方(あなた)が担当している場所は、ここは絶対に世紀の大発見が見つかるからと、圧力をかけて担当場所を無理矢理変更させましたよね？」

発掘場所の担当は、当初籤引きで決められた。

しかし先ほど言ったとおり、今私が担当している場所を嫌がり、大学内での地位と貴族の権力を利用し、発掘場所を強引に変更させた。

しかし蓋を開けてみれば、ダズブロウト博士が私から奪い取ったところからはろくな出土品はなく、押し付けられたところからは、当時の記憶装置やプラ・ペーパーの書類、それらを包含した地下施設が発見された。

こういう遺跡発掘では外れを引くことはよくあることで、『ここにはなかった』という事実も大事な情報だ。であるにも拘わらず、

『しかしだ。君が私の部下であり、ここを調べるようにと私に指示されたと学会に報告すれば、総てが私の功績になる』

このダズブロウト博士は、いい提案だろうと言わんばかりに信じられないことを言ってきた。

「そんなことを承知するとでも思うの？」

私は最低限の礼儀をやめ、ダズブロウト博士を睨み付けた。

ダズブロウトは一瞬顔を歪めたが、

『君が承知しないのなら、君の研究チームは全員この嵐の中都市を離れ、遭難することになるかも

しれんなあ?』

　直ぐにニヤニヤと笑いながら顎を撫(な)で始めた。

　私の部下や学生を人質にとったのか!?

　直ぐに連絡を取ろうとするが、誰一人応答しない。

　するとウーゾス君が小声で、

「虚仮威(ブラフ)しっぽく聞こえますね。通信が使えないのも、どちらかの船で妨害をしてるのかもしれません」

　と言ってきた。

　しかし私はダズブロウト(あのクソきぞく)の性格を知っている。

　ダズブロウト(あれ)は間違いなくやりかねない……。

「わかりました……指示に従います。まずは研究チームの安全を。それと、この船のパイロットは臨時雇いで研究者ではありません。彼の安全も保証していただきたい……」

　私が殊勝な態度を取った事に満足したのか、ダズブロウト(クソきぞく)はまたもニヤニヤ笑い、

『いいだろう。ではまず船のエンジンを停(と)め、パイロットも一緒にでてこい。駆動キーを持ってな』

　と、命令してきた。

「お前のところのパイロットは下手くそだな。私が雇ったパイロット達は、このものすごい嵐の中でもほとんど揺れる事なく飛行し、簡単に着陸までこなしていたぞ。無能の部下はやっぱり無能だな」

はっきりいって、このテーズ教授は何を考えているのだろうと思う。

あんなのが約束を守る訳がない。

多分教授本人もそう思っているだろうけれど、部下や学生を人質に取られた事で従わざるを得ないといったところだろう。と、思いたい。

しかもパイロットである僕にも出てこいということは、明らかに僕を殺しにくるねえ。

とはいえ無視して逃げたら逃げたで、契約不履行で訴えられるのはこちらだからどうしようもない。

さてどうやって切り抜けるか……。

相手の船は2隻。1隻は上空で待機し、もう1隻が降りてくるだろう。

で、教授を回収して高さをとってから砲撃かな。

船から余りはなれず、連中が上昇したら直(す)ぐに船に飛び乗ってバリア展開かな。

上空で風がまた強くなれば脱出のチャンスもあるだろう。

そうやって逃走プランを練っていると、

「頼む、ウーゾス君。あの男なら殺人くらい平気でやりかねないんだ……。虫がいいのはわかっている。だが……部下や学生達の命がかかってるんだ……頼む……」

悔しそうな表情で教授が僕に向かって土下座をしていた。

もしここに僕の知り合い以外の第三者がいたら、美人な学者先生を土下座させている外道野郎だと即座に認定されるだろう。

まあ、勝手に駆動キーを抜いたりせずに、僕に嘆願したことは評価できるところかもしれない。

『どうした？　さっさと指示に従え！』

画面越しに、ダズブロウト博士がいらいらしながら急かしてくるが、テーズ教授が土下座をしているのは角度的には見えないだろう。

僕はエンジンを止めて、駆動キーと記録媒体を抜き取り、両方をパイロットスーツのポケットにいれ、教授には予備の駆動キーを差し出した。

教授はその駆動キーを手に取ると、

「すまない。感謝する」

教授は怪しむことなく予備の駆動キーを持ち、ゆっくりと外にでていった。

余計なキーホルダーなんかを付けなかったのが功を奏したかな。

これで、駆動キーを差し出したと錯覚させて、その隙を突くことが出来るかもしれない。

ともかく僕も教授に続いて船の外にでる。

外では、1隻は50ｍほどの高さで止まっていて、もう1隻は地上に降りていた。

あきらかに研究者じゃない連中が何人もいて、軍用突撃銃を構えていた。

多分、軍人か傭兵崩れだろう。

その中央には、ダズブロウト博士がいた。

「では教授！　君の研究成果とその船の駆動キーを持ってこちらに来い！　パイロットのお前は船から離れろ」

その指示と同時に、軍用突撃銃の銃口が一斉にこちらを向いた。

いくらなんでもこれは無理だ！

おとなしく従うしかない。

しかも、隙をついて飛び乗ることが出来なくなる距離まで離されてしまった。

そのうちにテーズ教授がダズブロウト博士のところにたどりついた。

「よし。駆動キーと研究データを渡せ」

教授は渋々といった表情で2つを博士に渡す。

「よし。乗れ」

そうして教授・博士・軍人崩れ達が船に乗り込むと、軍人崩れの1人がドアを開けたままこちらに軍用突撃銃を向け、そのまま上昇を開始した。

そしてもう1隻の半分の高さまで上昇した時、もう1隻がいきなりビームを放ち、僕の船を破壊した。

さらには1発では飽き足らず、何発も発射してきた。

やっぱりこうなった。

僕は生き残るために必死に走った。

掘り返され、階段状になっている遺跡の中程にある洞窟の入り口に向かって。

☆　☆　☆

【サイド：フロリナ・テーズ】

「よし。乗れ」

私が研究結果とウーゾス君の船の駆動キーを渡すと、ダズブロウト(くそやろう)は満足そうにそう言った。

「彼はどうするつもり?」

「我々がある程度上昇したら駆動キーを落としてやるさ」

ダズブロウト(くそやろう)はにやにや笑いながら駆動キーを見せつけてきた。

どうみても研究者ではない連中が、ウーゾス君に銃を向けたまま、貨物船(カーゴシップ)が上昇を開始した。

そして25ｍほど上昇したところでビームの発射音が響き、爆発音が鳴り響いた。

「彼の安全は保証する約束のはずだ！」

私はダズブロウト（くそやろう）を怒鳴り付ける。

「私はそうするつもりだったが、部下はそのつもりはなかったようだな。そら、駆動キーは返しておこう」

ダズブロウト（くそやろう）はにやにやと笑いながら、駆動キーを船外に捨てた。

「このっ！　うぐっ！」

ダズブロウト（くそやろう）をぶん殴ろうとしたけど、横にいた偽者研究者（ゴロツキ）に殴り飛ばされ、ダズブロウト（くそやろう）に銃を突きつけられた。

「おとなしくしないとお前の研究チームの人間まで死ぬことになるぞ？」

「くっ……」

私はダズブロウト（くそやろう）を睨（にら）みつける。

と、同時に偽者研究者（ゴロツキ）に拘束されてしまった。

その時、

「あのパイロットが生きてます！　洞窟に向かってます！」

偽者研究者（ゴロツキ）ではないダズブロウト（くそやろう）の部下が、ウーズス君の生存を報告してくれた。

「ちっ……生きていたか……追って殺……うわっ！」

ダズブロウト（くそやろう）が命令しようとした瞬間、機体がとてつもなく揺れた。

「かっ風が急に強くなって……機体をコントロールできません！　着陸は無理です！」

「なんとかしろ！」

「無理です！　このままでは墜落します！」

パイロットはかなり悪戦苦闘しているらしく、声からも必死な様子が伝わってくる。

貨物船（カーゴシップ）の扉を開けているせいで、偽者研究者（ゴロツキ）が何人か落下（おち）しかけていた。

落ちればいいのに。

「仕方がない！　遺跡の入り口を撃って塞げ！　天気が回復してから殺しにくればいい！」

ダズブロウト（くそやろう）は壁に必死にしがみつきながら、ウーゾス君を洞窟から逃がさない手段を講じた。

もちろん1発で当たるはずはなく、風に煽（あお）られ、墜落しないように機体を操ったりしながら、何発もビームを発射していた。

その様子に、私は思わず鼻で笑ってしまい、

「お前のところのパイロットは下手くそだな。私が雇ったパイロット達は、このものすごい嵐の中でもほとんど揺れる事なく飛行し、簡単に着陸までこなしていたぞ。無能の部下はやっぱり無能だな」

思わずダズブロウト（くそやろう）を挑発してしまった。

するとダズブロウト（くそやろう）は銃の台尻で私のこめかみを殴ってきた。

「生意気な口を利きおって……。お前の研究成果を全ていただいた後で、たっぷりと可愛(かわい)がってやる。平民のお前が貴族の私に抱いてもらえるのだ。光栄に思うがいい」

痛みをこらえながら、にやつくダズブロウト(くそやろう)を睨み付けた。

★★★

最悪だお。

洞窟の入り口はここだけみたいだったから、やってくるであろう追っ手を、洞窟内で1人ずつ始末しようとしたのに、入り口を塞がれてしまった。

入り口が塞がれる前に風の音が大きくなってたから、着陸できなくなって追っ手を出せなくなったんだろう。

その腹いせに入り口を崩したんだろう。

まあ、風のせいで何発もぶっぱなしてたけど。

確かロスヴァイゼさんの話によると、ここには別荘と防衛基地があるんだったよな?

なのに洞窟があるってのは何なのだろう?

戻れたら聞いてみるかな。

もしこの奥に別荘や格納庫があるなら、何かしらの出入口があるかもしれない。

地図や見取り図があればなおよしかな。
じっとしてても仕方ない。
まずは奥にいってみよう。

「動くな侵入者。動けば殺す」

腕輪型端末(リスト・コム)のライトを点灯し、洞窟内を見回す。

洞窟の幅は約2・5m。高さは約3m。緩い傾斜で、奥に向けて下りになっている。

天井近くの壁に光源(ライト)と噴出口のあるパイプラインがあり、地面にも同じ様なパイプラインがあった。

多分洞窟内の空気循環用のパイプで、天井側が酸素供給用、地面側が二酸化炭素排出用だろう。

外にデカイ電源装置とエアポンプがあったから間違いはないはずだ。

まあ、動いてないけどね。

しかも天井のパイプラインの下には、入り口からの距離を示したプレートが10m毎(ごと)に設置してあった。

そのほかの特徴としては、やけに平たい壁や床があったり、明かりの残骸があったりと古代文明の残滓(ざんし)が所どころ見受けられていた。

そして最悪な事に、洞窟にヒビが入っているのを見つけてしまった。

おそらくさっきの砲撃でダメージを受けたのだろう。

脱出は急いだ方がよさそうだ。

発掘調査をしていたのならば、奥の方につるはしの一本ぐらい残ってないかと考え、奥に行ってみる事にした。

そうして入り口から50mのところまでやってくると道が2つに分かれており、パイプラインも左右に分かれていた。

右の道は入り口から真っ直ぐ延びていて、左の道は45度ほど曲がっていた。

なのでまずは右の道から行ってみる事にした。

右の道は、高さや幅は入り口からここまでといっしょだが、所々に短い横穴があり、そこが発掘場所なのがわかった。

教授のチームの人達はかなり几帳面らしく、道具を放り出すようなことはしていなかった。

そんな道を入り口から換算して1800m、時間にして30分近くも進むと、緩い傾斜とはいえかなり深いところまで下ってきたのを感じ取れ、かなり息苦しさも感じるようになってきた。

途中1850mのところでパイプラインと光源がとぎれ、そこから20mほど歩いてたどり着いたのは、発掘の最前線らしい行き止まりだった。

仕方なく引き返していくと、少しずつ息苦しさが和らいできた。

とはいえ早くなんとかしないといけない。

砲撃のダメージでいつ崩れるかわからないのだ。

そうしているうちにさっきの分かれ道に戻ってきたので、今度は左の道を進む。

この左の道には横穴はなく、右の道と違い、入り口付近からの道と同じく、やけに平たい壁や床があったり、明かりの残骸があったりしていた。

その道を20ｍほど歩いたところにちょっとした空間が広がっていた。

内部を見渡すと、どうやらここは発掘のための基地らしく、光源（ライト）の他に、発掘品を入れるためのボックス・緊急時のための酸素マスク・土を運び出すための反重力ホバー式の手押し車・掘削機・大小のバッテリー・スコップ・遺跡発掘用の小型の鶴嘴（つるはし）・簡易トイレ・休憩用の椅子とテーブル・外部との連絡用の無線・ウォーターサーバー等が置いてあったので、どうやら脱出への苦労が少しは軽減されそうだ。

というかはじめからこっちを選んでればよかったお。

光源（ライト）はバッテリー内蔵型できちんと機能してくれたのでそちらを点灯したところ、壁の一部にヒビが入っているのが見えた。

教授達がこのヒビ割れを見逃すはずはないだろうから、洞窟内のヒビ割れ同様さっきの砲撃ででできたものだろう。

僕は掘削機のバッテリーを確認してから正常に作動するかどうかチェックし、よいしょと担いで入り口に戻り、さらには光源（ライト）も持って来て、さっそく穴掘りを開始した。

最初はすぐに開通すると思っていた。

しかし掘削機で2時間ほど掘り進めても、土砂の土壁が薄くなった気が全然しないし、空気も段々薄くなってきている筈だから気だけがあせる。

右側の発掘現場の往復に1時間、掘削作業に2時間かけた現在の時間は午後8時過ぎ。

よく洞窟内の空気が持ってくれているものだ。

ともかく、せっかくウォーターサーバーがあるのだからベースキャンプに戻って一回休もう。

そうしてベースキャンプに向かい、休憩用の椅子に座って水を飲んで深呼吸すると、あまり息苦しくないことに気がついた。

この洞窟は傾斜になっているので、入り口近くはともかく少し低い場所になるこの場所は入り口より多少は息苦しいはずだし、洞窟の規模を考えるとそろそろ酸素マスクを着けないといけない筈なのだが、いまだに十分な呼吸ができている。

これはつまり、何処かに空気穴があったりするという事なんだろうか？

考えられるのはあのヒビ割れの何れかが外に繋がってて、空気を補充してくれているのかもしれない。

でもこれで脱出のための穴掘りを心置きなく再開できる。

そういえば掘削した石や土が邪魔になってきたからスコップで取り除いておくことにしよう。

そうして10分ほど休憩してから作業を再開した。

何処からかの酸素提供のおかげもあり、20分程かけて土砂を退かしても息苦しくならず、それからまた2時間ほど穴掘りをつづけたが、まだ開通はしなかった。

「もう10時半か……」

ここに到着したのが午後5時近く、雨風は3日ほどは続くらしいから、ダズブロウト共が戻ってくるまでにはまだ余裕がある。

なので今日はもう寝てしまおう。ベースキャンプの椅子を並べて寝床にすればいい。

そう考えながらベースキャンプに戻ったら、なぜか行き止まりになっていた。

「え……なんで?」

道を間違えるなんてことは絶対に有り得ないし、洞窟が崩れるような震動なんかもなかったはずだ。

摩訶不思議な事態に混乱していると、行き止まりになっていた壁に一筋の光が縦に入り、音もなく開き始めた。

本能的にヤバいと思った僕は、発掘現場に身を隠すために、慌てて踵を返したが一歩遅かった。

行き止まりの壁が音もなく開いた瞬間に、僕の足元にレーザーが何発か着弾した。

「動くな侵入者。動けば殺す」

背後から女性のものらしい声が聞こえ、僕は動きを止めた。

「何故ここに入ってきたのか理由を聞こうか。こちらの指示通りに動け。そうすれば殺さない。理解したらそのスコップ（得物）を遠くへ投げろ」

僕は言われた通りにスコップを遠くに投げる。

「ゆっくりとこちらを向け」

指示通りに後ろを振り向くと、僕に指示を出していたのは、１８０㎝はある高身長で、黒目の三白眼で鋭い眼光を放つ女性で、その手には銃があった。

「その腰の物も渡してもらおう」

もちろん腰の熱線銃（ブラスター）も渡した。

多分彼女には勝てないだろうからね。

「さて改めて質問だ。貴様はなぜここに入ってきた？」

僕は最初から全て話した。

この場所は現在遺跡になっていて、発掘調査が行われていること。

その発掘責任者と忘れ物を取りにきたこと。

その際、責任者の発掘の成果を奪いにきた輩（やから）に攻撃されたためにこの洞窟に逃げ込んだこと。

その際、輩が腹いせも兼ねて洞窟を撃ったこと。

自分はその入り口の土砂・岩石を掘って脱出しようとしていることなどを説明した。

「なるほどな。お前がここにいる理由はわかった。では迅速に穴を掘ってでていくといい」

彼女は僕に興味をなくしたらしく、このエレベーターで元の場所に帰ろうとしたので、

「あ、ちょっと質問よろしいですか？」

と、声をかけた。

「なんだ？」

「最初にここを調査した教授たちが、この部屋がエレベーターであることに気が付けなかったのはなんでですか？」

様々な調査器具を駆使していたであろう教授達が、どうして見つけることが出来なかったのか？

声をかけた最大の理由はこれだ。

すると彼女は、事も無げに正解を答えてくれた。

「この施設のカムフラージュには『擬装土(ぎそうど)』と呼ばれる、音の反響や探査装置(レーダー)を阻害するナノマシン混入の土砂が使用されている。今のお前達の道具(おもちゃ)で暴けるものではない」

おそらく似たようなものは在るのかもしれないが、多分技術力の次元が桁違いなのだろう。

「ついでにもうひとつ。ロスヴァイゼって言葉に聞き覚えはありませんか？」

そしてもう一つの理由はこれだ。

最初に彼女を見た時から、聞かないといけないと思っていた事だ。

「それは私の愚妹の内の1人の名前だな。知ってるのか？」

「はい」

「そうか。私は小型戦闘艇・Wagner(ワーグナー)・Valkyria(ヴァルキュリア)・Sisters(シスターズ)のLot No.02(ロットナンバー)・ゲルヒルデだ」

愚妹

やっぱりそうだったか。

顔かたちや身長なんかはまったく違うけど、雰囲気がなんとなく似ていたからそうじゃないかと思ってたんだ。

モブ No.77

「では私はここを放棄して愚妹に会いにいく。調査は勝手にするといい」

本当なら、どうして貴女(あなた)はこんなところにいるんですかとか、ロスヴァイゼさんは人間形態がなかったのになんで貴女は持ってるんですかとか、なんでいま動き出したんですかとか、他の出入口を教えてくださいとか色々聞きたかったが、身体(からだ)を休める方が優先だし、聞いたら絶対に厄介になると思ったので聞くのをやめることにした。

しかしこれだけは聞いておかないといけなかった。

「あの、このエレベーター内で休憩してかまいませんか？　ここには休憩するために戻ってきたので……」

「エレベーターが戻ってきたら好きにしろ。下には降りるなよ」

そう冷静に許可をくれてから、ゲルヒルデさんは下に帰っていき、放り出したスコップと銃を回収しているうちにエレベーターが無人で戻って来た。

そこでようやく、パイロットスーツを脱ぐことができるようになった。

船を動かす時は必ずパイロットスーツを着る。

この癖をつけておいたお陰で、豪雨の中でも顔以外が濡(ぬ)れず、風邪を引くような心配もなかった。

しかし穴掘りをしていたのだから当然汗をかくわけで、雨に濡れてなくとも自分の汗で風邪を引いてしまう。

なのでパイロットスーツを脱ぐ前に、乾燥機能を作動させる。

これをつかえば、内部・外部ともに水分を完璧に蒸発させ、消臭もしてくれる優れものだ。

ちなみにパイロットスーツの下は、動きやすさと吸湿性を考えてジャージにしてある。

そういえば、プラ・ペーパーの書類や記録媒体が地下から見付かったっていってたけどもしかしてここにあったのかな？

部屋サイズのエレベーターの内部に書類って、そういえばなんかの漫画だか映画だかで、オフィスごとエレベーターになってるってのがあったようななかったような。

ともかく、パイロットスーツをテーブルに置き、簡易トイレで用をたし、椅子を並べてベッドにして横になると、疲れもあったのかすぐに意識は途切れていった。


翌朝の目覚めはあんまり良くなかった。

やっぱり椅子を並べたベッドはよくない。

まだ地面のほうがいい気がしてくる。

まずはウォーターサーバーの水を満足するまで飲み、掘削機のバッテリーをチェックし、簡易トイレにいって用をたし、安全のためにパイロットスーツを身に着け、必要な道具を反重力ホバー式の手押し車に乗せて、入り口に移動するべく、ベースキャンプであるエレベーター部分から出ようとしたとき、ふと入り口近くの壁のヒビが目に入った。

「実はこの空間自体が古代遺跡のエレベーターだったなんて、普通は信じないよね」

そう思いながらヒビの入った部分をかるく叩（たた）いたところ、壁の岩がぽろっと剝がれ落ち、エレベーターの昇降ボタンのようなものがあった。

おそらく様々な計測機器を使用して調査しているはずなのに、この程度の偽装を見破れないというのは、ゲルヒルデさんがいっていた『擬装士（ぎそうど）』の性能は本当にとんでもないものなのだろう。

これが主人公なら、聞きたいことがあったのを思い出すか、好奇心に負けるかして、ゲルヒルデさんの忠告を無視し、昇降ボタンを押して古代遺跡の探索と洒落込（しゃれこ）むところだろう。

モブを自称する僕は、それを無視して掘削現場（いりぐち）の方へ向かった。

ちなみに返してもらった僕の銃で土砂を撃たなかったのは、撃ったところで穴は開かないだろうし、何より着弾の爆発の震動でヒビに影響がでて洞窟内部が崩れたら命が危うい。

それからは昨日の繰り返し、掘削機で2時間掘り、10分休憩して土砂よけ20分、それを4セット繰り返し、ようやく外へと脱出できる穴が貫通した。

時間は午後6時すぎ。外はまだ雨と風が暴れていた。

その遠目からでも、僕の船が完全に破壊されているのがわかり、さらには休憩所兼簡易保管用の小屋まで破壊され、通信手段もつかえないようだ。

　当然僕の大事な書籍やアニメデータカードは、腕輪型端末(リスト・コム)に入ってるやつ以外は全て灰塵(かいじん)と化していた。

　命には代えられないとはいえ、大切な大切なラノベや漫画やアニメデータカードを消し炭にされたことだけは絶対にゆるさない！

　しかしこのままでは、海上都市(オーシャン・パレス)に帰ることが出来ない。

　仕方ない。ゲルヒルデさんに相談……は、無理かな。降りてくるなって言ってたからね。

　でもヒビ割れはどうするつもりだろう？　修復しない限り、調査の手が入れば確実にばれるだろうに。

「おい」

「うわあっ！」

　雨の中そんなことを考えていた僕の後ろから、ゲルヒルデさんが不意に声をかけてきた。

「出られたのに帰らないのか？」

「びっくりさせないでください。でもちょうどよかった。船か飛行機かボートはありませんか？　僕の船はこの通りなので」

　僕の船だったものを見たゲルヒルデさんは、少し思案した後にありがたいお言葉をくれた。

「そうだな……。たしか格納庫の角(すみ)に釣りのための水上船(ボート)があったな」

「それ！　貸してもらえませんか？」

水上船(ボート)があれば海上都市(オーシャン・パレス)まで戻ることが出来る。

ここでじっとしていてあの博士(クソきぞく)に殺されるよりは遥(はる)かにマシだ。

「かまわん。それより愚妹を知っているのだったな。どこにいる？」

「ポウト宙域・惑星イッツを拠点にして、僕と同じく傭兵(ようへい)をしていますよ。パートナーと一緒に」

「宙行地図(ちゆうこうちず)をくれないか？　私のだと古いからな」

「わかりました」

そうして腕輪型端末(リスト・コム)の宙行地図(ちゆうこうちず)を複写(コピー)していると、いつの間にか雨が止(や)んでいた。

でも視界には雨が降っている。

そう思って上を向くと、銀地に黒のラインと黒の弓と矢のマークがあり、シルエットがロスヴァイゼさんににているが一回り大きい感じの流線型の戦闘艇が浮かんでいた。

暴風の中でも微震動することもなく空中停止(ホバリング)していた。

それがゲルヒルデさんの本体だというのはすぐにわかった。

そして人間形態のゲルヒルデさんは、

「では私はここを放棄して愚妹に会いにいく。調査は勝手にするといい」

すごい跳躍をして自分自身に乗り込み、あっという間にその場から去っていった。

欲を言えば海上都市(オーシャン・パレス)ぐらいまでは乗せていってほしかったけど、目立つ上に、意思のある古代兵器とわかったらパニックじゃすまないだろう。

さらには、送ってもらっただけだと主張したとしても、ロスヴァイゼさんに乗っていたら起こるであろうことと全く同じ事が起こるだろう。

しかも人間形態があるということはさらに面倒臭いことが起こるのは確実なので、ゲルヒルデさんが僕を置いていったこと、僕が乗せてほしいと言わなかったことは、お互いに良い判断だったと納得するものがあった。

それより、下にある水上船（ボート）を早速探しにいって見つけておこう。

壊れていたりしたら修理をしないといけないしね。


エレベーターで下に降りた先はきちんと明かりが点（つ）いていて、左は壁、右は通路になっていて、目の前には革製の長椅子がおかれた、狭いエレベーターホールだった。

その右の通路を曲がった先の格納庫はかなり広く、海上都市（オーシャン・パレス）のスタジアムがすっぽり収まるくらいだった。

しかし船はもちろん、作業用の機械や工具の類（たぐ）いも残っておらず、ゲルヒルデさんが出るときにつかったらしい入り口が開いていて、雨風が入り込んでいた。

ゲルヒルデさんが嘘（うそ）を言うとは思わないので、どこかには水上船（ボート）があるのだろう。

そう思って良く周りを見ていると、壁に四角い穴があり、そこには昇り階段があった。

その上にはガラス窓があったのでそこに向かい、階段を昇ってみた。

そこはいわゆる管制塔(コントロール)のようなところで、この格納庫内部のあらゆるものがコントロールできるように思えた。

すると次の瞬間、ゲルヒルデさんが出るときにつかったらしい入り口が閉じ始めた。

おそらく自動的に閉まるようになっていたんだろう、コンソールの一部が光っていた。

他にも色々興味深いものはあったけれど触らない方がいいだろう。

幸い格納庫内部の見取図らしいものがあり、文字は読めないけど水上船(ボート)が置いてあるらしい場所はわかった。

早速水上船(ボート)を見に行ってみると、そこは海と繋(つな)がっていて、ありがたいことに3隻もの水上船(ボート)があり、その一つがエンジン付きの奴(やつ)だった。

文字が読めなくとも操縦出来る簡単なシステムだったし壊れてもなく、燃料もかなりはいっていたので、なんとか脱出できそうだ。

しかし疲労困憊(ひろうこんぱい)の現状では危ないし、雨が凄(すご)いとはいえ昼間の方がいいだろう。

さらに万が一のときのために、手漕(てこ)ぎ船の櫂(オール)をエンジン付きの船に乗せておいた。

それからエレベーターホールに戻ると、エレベーター内部のトイレで用をたし、エレベーターホールの革製の長椅子に寝転んだ。

やっぱり固い椅子3つ繋げた奴よりは格段に寝心地がいい。

穴掘りは完全に無駄になったなあ……。
ゲルヒルデさんも教えて……くれるはずはないよねあの雰囲気では。
まあ、ダイエットになったと思うしかないかな。

モブ No.78

「待たせたな！　みんな無事か⁉」

次の日の朝もまだ雨風が激しかった。

まあ2～3日は降るっていっていたしね。

それに雨風が強いのは都合がいい。

ここにいたところで雨風が収まればダズブロウト（くそやろう）が僕を殺しにくるだろう。

だったら晴れてから、ダズブロウト（くそやろう）がくる前に脱出すればいいともおもうが、晴天だと簡単に見つかってしまう。

だから出発は雨風が強い今日。

さらに目的地は海上都市（オーシャン・パレス）ではなく一番近い発掘現場だ。

ここみたいな施設が間違いなくあるから、通信の中継が出来るかも知れないし、もしかすると上陸できるかもしれない。

「じゃあいきますか」

そうして僕は、水上船（ボート）のエンジンを起動させた。

☆☆☆

【サイド：フロリナ・テーズ】

拘束されたまま海上都市(オーシャン・パレス)にたどり着くまでに2時間はかかっただろうか。

風が強いので船体を安定させるのは大変なのだろう、航行中ガタガタと大きく揺れることが何度もあった。

しかしウーゾス君の運転では、小刻みに揺れることが何度かあった以外は、大きく揺れることは一度もなかった。

やはり彼は腕がいい。ますます専属として欲しくなる。

しかしそれも、このダズブロウト(くそやろう)から逃げられればの話だ。

そのうちに海上都市(オーシャン・パレス)に到着し、私の割り当てられたエリアに連れてこられたところ、ダズブロウトの部下らしい連中に、研究員と学生達(たち)が銃をむけられ、保管庫に押し込まれている最中だった。

すると、眼鏡をかけた小男がこちらに近づいてきた。

「どうやら私の研究資料の移動は終了したようだな」

「はい博士！　博士の研究資料は、今運んでいる分で全ての移動が完了です」

ダズブロウトに平身低頭して揉み手しているこいつはネイマス・ボルタと言い、帝都大学の准教授で、学長や貴族の教師・生徒には平身低頭し、平民の学生には威張り散らす嫌われ者だ。

「あれは私達の研究資料よ！　それに、この事が学長に知れれば間違いなく追及されるわ！」

私がそう主張すると、ダズブロウトが私の顎を手で摑み、

「あまり偉そうな口を叩かん方がいい。私の一言で研究員や学生がどうなるかわかっているんだろうな？　無論お前自身もな」

と、脅してきた。

私が悔しい表情をして黙り込むと、

「そうだ。おとなしくしていれば可愛がってやるからな。暫くはそこに閉じ込めておけ」

「かしこまりました」

と、ニヤニヤしながら何処かへいってしまった。

そうして保管庫に叩きこまれると、

『教授！』『先生！』

「みんな無事!?　怪我はない？」

研究員や学生達が無事なのを確認できた。

「ここにいる者は無事ですが、研究資料が全て奪われました……」

女子学生のビーナ・チュルスが悔しそうに報告してくれた。

「そういえばパイロットの人はどうなったんです？」

「わからない。生きていたとしてもあそこから帰る手段がないわ。それよりここの警察はどうしたの？」

これだけの事を仕出かしておいて、警察が動いて居ないのが信じられなかった。

「実は1階層で大きな事故があって、そっちの処理に人員が割かれている上に、一部が博士の手の者らしくて、通報しても受け付けてくれなかったんです！　その後に汎用端末（ツール）も奪われてしまいました……」

ビーナは悔しそうに床をなぐり、

「あと、デイビッド・トライスが行方不明です」

最後はぼそりと、1人の学生のなまえを言った。

デイビッド・トライスは帝都大学（うち）の学生で、なかなかイケメンだが、その言動が軟派なため、あまりもてはいない。

「どうせナンパでもしに行ったんでしょうけど……。出来れば彼が学長や外部の警察に通報してくれるとありがたいのだけれど……期待はしない方がいいわね」

私は思わずため息をついた。

☆　☆　☆

【サイド：デイビッド・トライス】

ヤバイヤバイヤバイ！

ナンパに失敗してテーズ教授の研究エリアに戻ってきてみれば、教授の研究資料をダズブロウトの腰巾着のネイマス・ボルタ（チビメガネ）がチンピラみたいなのを使って運び出していた。

教授の成果を横取りしようってハラなんだろう。

ま、無理に取り戻そうとはしない方がいいよな。

連中にとっても大事なモンだから雑には扱わねえだろう。

まずは教授や同級生の安全だけど、その前に警察だな。

『はい。海上都市警察（オーシャン・パレス）』

「実は、俺の大学の教授の研究エリアに銃持った連中が……」

『悪いねえ。今は1階層の事故の処理で大変なんだよ。さっきも学生がいたずら電話を何回もかけてきてさぁ、あんまりしつこいと逮捕するしかないんだけど？』

「そうですか。失礼しました」

マジでヤバイな。警察もグルかよ。

下手したら外部の警察もヤバそうだな。

そうだ学長！　に……って直通の番号なんか知ってるわけねえし、大学の事務室にはダズブロウトの手下が居るかもだし……。

仕方ねえ。ダズブロウトの手下をこっそり始末して教授に接触するしかない。

ならまずは武器か。

たしか警備室に予備の電磁警棒（スタンスティック）があったよな？

たしか警備員は、若いやつとおっちゃんと爺（じい）さんがいた筈（はず）だ。

出来れば爺さん……。いや、若いやつの方がサボるからそっちのほうがいいか。

何て考えてたが、警備の人間がいなくて助かったぜ。

そのお陰で電磁警棒（スタンスティック）だけじゃなくて暴徒鎮圧用の麻酔銃までゲットできたのは幸いだな。

さて本番はこっからだ。

俺は教授やみんなが捕まってる保管庫に近づいた。

見張りは２人だけか。だったら１人は麻酔で眠らせて、

「うっ……」

もう１人に注意が向いている間に電磁警棒（スタンスティック）で急襲する。

「ん？　どうした？　ぐあっ」

無事に無力化すると、保管庫の鍵を拝借して扉を開けた。

「待たせたな！　みんな無事か⁉」

「「「「トライス！」」」」

すると全員が驚きの声をあげた。

「あなたどこにいっていたの⁉　外の見張りは？」

「ぶ……ぶちのめした……いま外で倒れてるから……今のうちに拘束を……」

ビーナに襟首を絞められながらだした俺の指示に同級生や研究員達が従い、外にいたチンピラを拘束、武器と一緒に保管庫内に収容した。

にしてもなんでビーナは俺にばっかり突っかかってくるんだ？　訳がわからん。

すると教授がいきなり、

「トライス！　携帯を貸して」

と、迫ってきたので思わず渡してしまった。

☆　☆　☆

【サイド：帝都グロールムス大学学長室・音声のみ】

『キャンベル学長！　私ですフロリナ・テーズです！』

「おお、テーズ教授。発掘は順調かね？」

『それより大事な話があります。じつはダズブロウト博士が私の発掘品と研究成果を奪った上に、雇用したパイロットを殺害するつもりです！　地元の警察もグルらしく、動いてくれません！』

「なるほど……わかった。警察への連絡は任せたまえ。出来れば証拠を集めてくれたまえ。ダズブロウト博士、いや、ダズブロウト子爵は必ず除籍処分にしよう」

『ありがとうございます！』

カチャ……

「これでよかったのかね？」

「はい。しっかりと通報と除籍処分の準備をお願いいたします」

「しかし君は、こういう時に私を都合よく操る為にここにいるんじゃないのかね？」

「気にしないで下さい。私も恨みがあるのですよ。父にはね」

「彼は若い頃から敵を作りやすい人物だったが、ついには息子の君まで敵に回したか」

「自業自得ですよ」

★　★　★

テーズ教授担当の発掘現場を出発してから3時間。

なんとか一番近い発掘現場のある島にたどり着いた。

そして残念なことに崖しかないので、上にある小屋にはいけないが、通信機を経由して連絡が取れるかもしれない。と、思っていたが無理だった。

距離があるのかロックが掛かってるかしているらしく通じなかった。

こんな時には中継局の有り難みがわかるね。

通信がダメでも、ダズブロウト（くそやろう）から身を隠しながら海上都市（オーシャン・パレス）に向かう事はできるだろう。

問題は海上都市（オーシャン・パレス）に到着するまでに、ダズブロウト（くそやろう）の手下に見つからないようにお祈りしながら少し休憩して、それから出発することにしよう。

「それなら問題はありませんよ。発見者はテーズ教授。私の名前は絶対に出さないように私からお願いして約束してもらってますから」

テーズ教授の発掘現場を出発してから、12か所の発掘現場を経由して、72時間近くかかってようやく海上都市（オーシャン・パレス）に戻ってきた。

だれがダズブロウト博士（くそきぞく）の手下かわからないために、助けを求めることも出来ず大変だったお。

食糧はなかったけど、水に関してはこの船が釣り船だったのもあって、載せられて放置していたバケツに溜（た）まった雨水で凌（しの）ぐことが出来た。

ちなみに上陸時は、海上都市（オーシャン・パレス）にも釣り用の水上船（ボート）の発着所があるので、時間が朝方だったので、夜釣りを楽しんでいたら大物に竿（さお）をもっていかれた。みたいな会話をしながら水上船（ボート）を係留してその場をさっさと立ち去った。

本当なら着替えを買い、ホテルに戻って風呂にはいって4日ぶりの食事と行きたかったが、テーズ教授がどうなっているか気になるし、ダズブロウト博士（くそきぞく）の手下がどこにいるかわからない。

なので取り敢（あ）えず依頼者のテーズ教授に与えられている研究エリアにいってみると、何人もの人達（たち）が発掘品の保存ボックスを保管庫に納めていた。

どうやらその指揮はテーズ教授が執っているようだ。

「すみません。ただいまもどりました」

その指揮を執っている教授に声をかけると、

「ウーゾス君！　生きてたんだ！　よかったー！」

と、教授に抱き付かれそうになったが、

「自分、今かなり汚れているので触らない方が」

と、全力で接近を拒否した。

汚れているから以前に、抱き付かれようものなら例の女子学生に殺されかねないからね。

「連絡が出来なかった上に、何日も仕事を休む形になって申し訳ありませんでした」

そしてテーズ教授には、依頼された仕事が滞った事を謝罪した。

不可抗力とはいえ、仕事を放り出した形になるので、相手によっては文句を言ってきて、契約不履行になってしまうだろう。

「今回の事は君に落ち度はない。原因は私の方にあるのだからね」

どうやらペナルティにはならなそうでよかった。

すると誰かが通報したのか、警察がやってきて身元確認を求められた。

どうやら昨日から僕の捜索が行われていたらしく、テーズ教授の発掘現場とその周辺の発掘現場を捜索していたらしい。

そして、是非とも話を聞かせて欲しい、要は事情聴取を受けてくれと言われたので、まずは僕が居ない間に何が起こったのかを詳しく聞かせてくれと頼んでみた。

するとあっさりとOKを出してくれたので、空きのある保管庫にパイプ椅子を持ち込んで、テーズ教授も交えて話を聞くことになった。


テーズ教授が僕と引き剥がされたあと海上都市(オーシャン・パレス)に戻ると、本当に学生や研究員が人質に取られ、研究成果を全て奪われ、保管庫に監禁されたそうだ。

さらに警察内部にも協力者がいて逃げ出す事すら出来なかったらしい。

そこに現れたのが、たまたまナンパにいそしんでいてその場に居なかったデイビッド・トライスという学生で、教授達の救出・チンピラ退治・警察内部の協力者の逮捕・博士の悪事の証拠集めなどに活躍したらしい。

そのお陰でダズブロウト(くそきぞく)博士は逮捕。さらには大学からも除籍処分を食らったらしい。

当然ダズブロウト(くそきぞく)博士は無罪を主張する。が、今回の事以外にも様々なやらかしの事実が発覚。

さらにはいままで被害にあった人達が一斉に声を上げて被害届をだした。

時間が経過していて無効になったものもあったらしいけど、被害届をだした事が大事らしい。

まあやらかした事実は無くならないからねえ。

極めつきは、息子さんが父親の悪事の全てを暴露、さらには被害者達に声を上げてくれと頼んだ張本人だったらしい。

その事実をしったダズブロウト博士は当然激怒したが、息子にあっさりやり込められたらしい。

海上都市には裁判所の建物はあっても機能していないため、帝国首都で詳しい取り調べと裁判を受けるべく、現在は護送待ちらしい。

ちなみに僕の船に関してだが、テーズ教授と大学とダズブロウト博士の息子が１／３ずつ出してくれるらしい。

さらには保険金も下りるので有り難い話だ。

が、問題は同じ船が見つかるかどうかだ。


そして次に僕が何をしていたかを聞かれる事になった。

なぜ発掘現場に残らないといけなくなったかを全て話した後、僕が発掘現場を離れたのは、あのままあそこにいた場合ダズブロウト博士とその手下に殺害される可能性があったからだと説明した。

「これがその時のやり取りです」

そして僕が発掘現場での通信のやり取りを録画したデータの入ったメモリーを見せたところ、警察の人が感謝しながら僕に握手を求めてきた。

そしてゲルヒルデさんに会ったことは伏せて、古代文明の遺跡を発見したことと、そこにあった水上船で戻ってきたと報告した。

そして、遺跡の発見者はテーズ教授とし、絶対に僕の名前は出さない事を約束してもらった。

そしてその話が終わると、テーズ教授は水上船（ボート）の場所を聞いて飛ぶようにその場から居なくなった。

警察の人には聞きたいことは全て聞いたのでもう自由にしていいと言われたので、第2層にある店で着替えを買ってから、入浴施設（せんとう）で約4日ぶりの風呂。約4日ぶりの食事を楽しんだ後、ホテルに戻って取り敢えずベッドに横になったところ、すぐに意識が薄れていった。

気が付いたら朝になっており、慌ててテーズ教授の研究エリアに向かったところ、テーズ教授以下研究員や学生が、僕の乗ってきた水上船（ボート）を囲んで、検査の機械をかけたり、観察に夢中になっていた。

その状態の研究者に話しかけるのは何となくヤバイ気がしたが、話しかけないわけにはいかないよね。

「おはようございます……」

すると全員がこちらを向き、

「待ってたよウーズス君！　さあ、私の発掘現場にいそごう！」

すぐさま貨物船（カーゴシップ）への乗り込みを開始した。

「はっはいっ！」

その全員の迫力は、コミックバザールのそれに近い、いや。それ以上のものがあった。

僕がベースキャンプにしていたあの休憩所は最初からあの形だった上に、書類なんかも見つかったために怪しいとは思っていたらしい。

さらにあの下にいく穴には、何かあるんじゃないか？　と、だましだまし掘り進めていたらしい。

僕がエレベーターを起動させて、テーズ教授達を地下施設に連れて行ったところ、テーズ教授達は狂喜乱舞した。

これ以上はお邪魔してはいけないと思い水上船（ボート）があった場所を教えたあとは地上に戻った。

地上では、破壊された僕の船と小屋の残骸の撤去。臨時の小屋の建設が始まっていた。

そのため貨物船（カーゴシップ）がひっきりなしに停船できる場所も少ないので、僕の船の残骸から無事そうなものをあさったら帰ることにした。

そうしてあさっている時に、地上の監督をしていた、眼鏡をかけたエリートらしい例の女子学生が声をかけてきた。

「ちょっといいですか？」

「なんでしょう？」

僕が反応するとものすごい顔になり、

「貴方が教授を守れなかったことは、今回この古代遺跡を発見した事でチャラにしてあげます。でも、この古代遺跡を発見したのはあなたじゃなくてテーズ教授です。余計な事はしゃべらないでくださいね？」

と、言葉は丁寧ながらも思い切りドスをかましながら脅してきた。

帰ってきた時教授を拒絶してて助かった。

もし抱き付かれてたら、彼女に殺されていたのは間違いなかったね。

「それなら問題はありませんよ。発見者はテーズ教授。私の名前は絶対に出さないように私からお願いして約束してもらってますから」

「そう……ならいいわ……」

彼女はちょっと驚いたが、どうやら彼女にとって満足する答えだったらしく、それ以上はなにも言わず小屋の建設現場に戻っていった。

ま、彼女みたいな人には余りかかわらないようにするのが一番だね。

それより早く帰って新しく船を探しておかないとね。

ちなみに使えそうなものは一切残っていなかった。

「汎用型戦闘艇の防御重視？　そりゃなかなか難しいな。最近はあまり扱ってないからな」

海上都市（オーシャン・パレス）に戻ってから、直（す）ぐに修理工場にいってみた。

もしかしたら、条件の合う船を知っているか持っているかしているかもしれないからだ。

「汎用型戦闘艇の防御重視？　そりゃなかなか難しいな。最近はあまり扱ってないからな」

「最近はスピードと火力重視っすからね」

修理工場の親方とそのお弟子さんっぽいのが、僕の希望を聞いて頭を悩ませ始めた。

「前はどんなの使ってたんだ？」

「イオフス社の『スリッツ』です」

かなりの改造やパーツ交換はしていたが、ベースとなったのは、かなり古い汎用型戦闘艇だ。

「あー結構前に生産が完全停止した奴（やつ）か」

「修理用の部品とかエンジンなんかも、最近完全撤廃したっすよね」

「そうなんですよ……近い奴ないですかね？」

「たしか先月出たカタログに近いのがあったような……」

「本当ですか？」

そう言って親方が持ってきてくれた大型端末(ノートPC)には、様々な戦闘艇の立体映像(ホログラム)と機体性能(スペック)が記載されたカタログが表示されていた。

「条件にあうのは……やっぱりイオフス社の『ノルテゲレーム』ってやつですかね」

「『スリッツ』の後継機みたいっすね。つか、防御重視のやつがこれ含めて7タイプしかないのか」

「汎用艇もスピードと火力重視で、こういう固くて重いのは護衛用の一部用途として残ってる感じだな」

カタログには、完全バランス型・火力重視・スピード重視・特殊ギミック型などは1種類で50〜200タイプ以上揃(そろ)っているのに、僕の希望する防御重視の汎用艇はあまりにも数が少ない。

はっきりいって7タイプあるだけマシという奴だ。

そのなかで、イオフス社の『ノルテゲレーム』は僕がベースに使っていた『スリッツ』の後継機で、外見にはほとんど変化はなく、『スリッツ』より少し船内が広く、性能全体が底上げされていた。

価格も今回の賠償金だけでなんとかなりそうだ。

だが重要な問題がある。

「ここには……ないですよね?」

「正式に都市が機能し始めればともかく、今は学術調査基地だからな。帝国首都のハインなり政令指定惑星ならあるかも知れねえな。後はメーカーに注文する位だな」

なら問題はなさそうだ。僕が本拠地にしている惑星イッツは政令指定惑星だからね。

親方とお弟子さんにお礼を言って工場を離れてから、そう言えば今回の事態を報告してなかったのを思いだし、すぐさまローンズのおっちゃんに電話をした。

『もしもし？』

「あ、もしもし。ウーゾスです」

『よう。どうした？　なんかミスでもしたか？』

「実は……」

僕は今回あった事の全てを話した。

『なるほど……。そりゃ災難だったな。だが話を聞くかぎり、向こうが責任を問わないってんならそれでいいだろう。実際お前に責任は無いんだからな。賠償金もきっちり貰（もら）ってこい』

そう言ってくれると非常にありがたく頼もしいが、同時に嫌な想像もしてしまう。

「また理不尽報酬強奪者（ピンクあたま）がでて来ないといいんだけどね……」

『アレっぽいのがいるのか？』

「そうなりそうなのがいるんだよ……」

僕に釘（くぎ）を刺してきたあの女子学生の事が頭をよぎる。

『まあ……あれだ。すぐに仕事が終わるんだから、終わったら早いとこその場を離れるのが一番だ。

おっと、こっちも仕事だ。じゃあ、気を付けてな』

そう言ってローンズのおっちゃんは電話を切った。

まあ、もし最悪の事態になったら教授に相談するかな……。

そうして夕方にはまた教授達を迎えにいき、今日の仕事は終了した。

ちなみに事件があった日の時点で契約期間が残り7日ほどだった。

それから4日間は1人でサバイバル。海上都市に戻ってきた日はそのまま爆睡。

仕事を再開した今日を含めても2日、つまり明日で契約期限が来てしまうことになる。

仕事をしてなかった4日分くらいは延長しても構わないと教授に打診しようとしたけど、本来の専属パイロットが戻ってきたので、これは間違いなくお役御免になるだろう。

ちなみに専属パイロットはかなりのイケメンで、教授の学生時代の先輩だそうだ。

あの女子学生は、その人には噛みつくどころかキラキラした表情を向けている。

本来の専属パイロットの人に罪はないけど、こちらが勝手に恨めしく思ってしまうのはゆるしていただきたい。


そして翌日。

最後の仕事が終了すると、テーズ教授からの事件に捲き込まれた事への改めての謝罪とねぎらいの言葉をいただいた後に、教授・大学・博士の息子からの賠償金、有り難いことにかなりの額（900万クレジット）。を、情報（データマネー）で受け取った。

ちなみに仕事自体の報酬と保険金はギルドで受け取る予定だ。

なんならこのまま直ぐにこの星を離れたかったが、ここから惑星イッツに直通する便はないため、いくつか乗り換えが必要だったりするわけだが、本日はもう便がないので出発は明日の朝ということになる。

今日は最後の日ということで飲み会に誘われたがもちろん遠慮した。

会話に入れないし、なによりあの女子学生が怖くてたまらない。

でもまあホテルにいる時に、あの女子学生から『賠償金を返せ』と電話や突撃がなかったのは有り難かったかな。本当に。

翌朝は、教授達が発掘現場に向かうのを見送ってから、軌道エレベーターで宇宙港（ポート）に向かい、何事もなく翌日の昼には惑星イッツに戻ってくる事ができた。

本拠地（じもと）に戻って先（ま）ずする事は、食料の買い出しだ。

1ヶ月もいないのだからと冷蔵庫を空っぽにしていったので、食料がないからだ。

そうして買い物を終えてから部屋に帰り、掃除と風呂、そしてアニメの鑑賞をしながら食事をする。

そうしてのんびりと一晩を過ごした翌日、傭兵ギルドに足を運んだ。

ギルドは相変わらずの喧騒だったようで、なにかイベントがあったようには感じない。

どうやらゲルヒルデさんは現れていないようで、僕はほっと胸を撫で下ろした。

そしていつも通りローンズのおっちゃんのところに向かうと、

「よう。大変だったな」

と、陽気に声をかけてきた。

「あんたの紹介した仕事で大変になったんだけど?」

「そう言うな。俺だってあんなことが起こるなんて予測できるかよ」

「まあそうだけどね……」

咎め立てはするが別に本気ではない。

不測の事態はどんな仕事でも発生する事があり、出くわした場合はその依頼を受けた自分の自己責任だ。

ローンズのおっちゃんもそれをわかっているので、特に気にする事もなく仕事の話を始めた。

「じゃあまずは正規の報酬、それと賠償金だ」

「結構な額になったねえ」

正規の報酬は1ヶ月で50万。ここに賠償金を含めると、全額で1200万クレジット。

奇しくもこの仕事をうけるきっかけになった仕事とほぼ同じ額だった。

なので思わず周囲を見渡してしまうが、当然ピンク頭の姿はない。

なので安心して報酬と保険金を情報で受け取った。

こうして金銭面は問題なくなったが、懸案はまだ残っている。

「問題は代わりの船の入手かな。カタログで良いのがあったけど、代理店で扱ってるかどうか……」

惑星イッツは政令指定惑星だが、メーカーが不人気な品を置いているかどうかだ。

「まあそのあたりは運だが……暫く休んでゆっくり探したらどうだ？」

流石に今回の事を気の毒に思ってくれているらしい。

でもあまり休みすぎるとだらけてくるので、精々今回失った本やアニメデータカードを買うくらいにしておくつもりだ。

同人誌即売会が近かったらたっぷり休むんだけどね。

私の新人時代

私の実家である、ティウルサッド・コーポレーションの敷地内にある整備工場で、私の戦闘艇である『エガリム』がオーバーホールを受けているのを、工場の2階にある事務所の窓からぼんやりと眺めていた。

傭兵を始めてから4年近くになり、このオーバーホールも何回も実行している。

そのなかで、私のあだ名にもなっている女豹のエンブレムの塗り直し作業が、ふと眼に入った。

それを見ていると、私が女豹のエンブレムを使い始めたきっかけを思い出した。

私は幼い頃から『ティウルサッド子爵の令嬢』もしくは『造船会社ティウルサッド・コーポレーションの御嬢様』というブランドでしか見られていない気がしていた。

もちろん、帝国子爵であり造船会社を経営しているお父様のことは大好きだし尊敬もしている。

それでもやはり、ブランドでしか見られないのは納得がいかなかったし、腹立たしかった。

そんな時、映画か何かで、2人組の女性主人公が傭兵として活躍し、その実力だけで評価をされているのを見て、子供心に感激したのを覚えている。

そしてそれをきっかけに、身体（からだ）を鍛えたり、護身術を習ったり、宇宙船の操縦などを覚えたりし始めた結果、中学を卒業する頃には、格闘技のジュニア大会で優勝したり、戦闘艇のシミュレーション大会で優勝するまでの実力になっていた。

それでも周囲は、『造船会社を経営しているティウルサッド子爵の御嬢様』というブランドでしか、私を見てはくれなかった。

だから私は両親を説得し、高校に入るとほぼ同時に、私の実家のある惑星イフコーゼスから多少離れている惑星イッツ支部で傭兵として活動することにした。

地元ですると、私の家の事がすぐにばれるかもしれないからだ。

それに傭兵なら、間違いなく実力社会だから、私をブランドでは見なくなるはず。

もちろん命懸けなのは承知の上。

そうでなくては自分自身の評価にはならないと思ったからだ。

そして、傭兵の仕事を始めるとはいえ、高校には通うつもりだから、時間のかかる依頼は長期の休みに、短期で出来る依頼は放課後や週末にという感じでこなしていく事にした。

しかし、傭兵として依頼を受けるためには、戦闘艇が必要になる。

そのため私は、貯（た）めていたお金で中古の戦闘艇を購入する予定だったのだけれど、お父様からの傭兵をする条件の一つに「うちの会社の製品を使用し、シェリーと母艦を随伴させること」があり、それを使わざるをえなかった。

ブランドが嫌だのなんだのとさんざん言っておいて、実家の品物を使うのはどうかとは思ったが、傭兵をする為の条件だから仕方ない。

シェリーがついてきてくれるのは凄く嬉しかったけど。

そんなわけで私は、傭兵の仕事に必要な、ティウルサッド社製小型戦闘艇Ｓｉ－09『エガリム』と、ティウルサッド社製中型戦闘輸送艇『ウリクモ』を手に入れた。

しかし今にして思えば、お父様とお母様は、子供の馬鹿な意地をよく許可してくれたものだと思う。

私を信用し、後押しをしてくれたお父様とお母様には感謝の言葉しかない。


そんな私の傭兵としての第一歩はそれなりに平穏だった。

惑星イフコーゼス星立エギビリス学園高等部に首席入学してから、初めての金曜日に傭兵ギルドに登録し、その日のうちに、依頼が張り出されている掲示板から、危険度の低い海賊退治を選び、受付に持っていった。

すると、

「悪いけど忙しくて子供の相手なんかしてられないの。余所に行ってくれる？」

と、明らかに暇そうにしていた受付嬢からそう言われた。

その言い方にカチンときた私は、

「そうみたいね。おばさんが顔に特殊樹脂を塗りたくってるのを邪魔しちゃ悪いわね」

と、返してやった。

この時の事を思い返すと、生意気な新人だったと改めて恥ずかしくなる。

その受付嬢がキーキーいっているのを無視して、すこし離れたところにいた男性の受付係に話しかけたところ、こちらはきちんと応対をしてくれた。

「先ほどは同じ部署の者が失礼をしました。後で言って聞かせておきますね。それで、受ける依頼はこれで間違いございませんか？」

「はい！　よろしくお願いします！」


私の初仕事のターゲットは『斑猫姉妹（ぶちねこしまい）』と呼ばれる女海賊で、船にはまだら模様の猫がデザインされたマークがついているらしい。

授業が終わったその足で、シェリーに頼んで貨物船（カーゴシップ）っぽく偽装してもらった母船である『ウリクモ』に乗り込み、彼女達（たち）が出現しそうな宙域を周回することにした。

もちろん貨物の輸送に見えるように、貨物船（カーゴシップ）がよく使う航路を調べて、その航路を通る。

周回開始した日はなにも無し。

翌日もギルドで燃料補給をしてから再度周回。

するとその日の昼過ぎに、連中は食いついてきた。

相手は貨物船(カーゴシップ)らしき船が1隻と、戦闘艇が2隻。その全ての船には斑猫(ぶちねこ)がデザインされたエンブレムがついていた。

すると向こうから通信がきたので、私は出撃準備をしているのがバレないように、顔だけをアップにして通信に答えた。

『目の前の貨物船(カーゴシップ)止まりなさい！』

『止まらないと撃ち落とすわよ！』

画面には、斑猫(ぶちねこ)の猫耳のついた覆面(マスク)を被(かぶ)った女2人が姿を現し、こちらに降伏勧告をしてきた。

2人は年齢的には私よりも若干年上で、服装も猫耳のついた覆面(マスク)に合わせたようなぴっちりとしたまだら模様のパイロットスーツを着ていた。

「貴女(あなた)達が海賊『斑猫(ぶちねこ)姉妹』？」

『ええそうよ。怖(お)じ気(け)づいたならすぐに止まりなさい』

『私達からは逃げられないわ！』

『斑猫(ぶちねこ)』というから語尾に「～にゃん」とかつけて喋(しゃべ)るのかと思ったけど、そんなことはなかったわね。

　それに、こっちを甘くみているのもありがたい。

「ええ。きちんと止まるわよ」

　私は、『ウリクモ』が停止してハッチが開くと同時にスロットルを全開にし、一直線に彼女達の貨物船に向かい、その噴射口を全て破壊した。

　彼女達はこちらが降伏したものと思い込み、エンジンを停止していたのも、功を奏した。

『よくも騙したな！　許さない！』

「逃げ道を塞いでおくのは常識よ」

　斑猫の1人が私に文句を言ってくるが、海賊をやっていたのだからいまさらだ。

『メーショ！　大丈夫!?』

『大丈夫ですミルケ姉さん！　ノズルならすぐに直します！』

　貨物船に乗っていたのも姉妹の1人らしく、どうやら彼女達は三姉妹だったようだ。

『よくもやってくれたわね！』

『絶対落としてやる！』

　当然彼女達は私に襲い掛かってくる。

　1対2という状況はシミュレーションで何度も経験しているし、1対3や1対4も経験して勝利している私にとって、『斑猫三姉妹』は残念ながら相手にならなかった。

彼女達を『ウリクモ』に収容し、警察の到着を待っていると、三姉妹の1人が急に私に襲い掛かってきた。

が、相手が両腕を拘束されているのもあって、あっさりと返り討ちにする事ができた。

「くそっ！　この私がこんなに簡単に負けるなんて……」

襲い掛かってきたのは次女らしく、悔しそうに床を叩(たた)いていた。

「私は動物好きだから、やんちゃする猫の扱いは得意なのよ」

あまりうまいとは言えない私の煽(あお)りに、三姉妹は悔しそうに私を睨(にら)み付ける。

すると、のめされたばかりの次女が、

「あんたの名前は？」

と、名前を聞いてきたので答えてやると、

「フィアルカ・ティウルサッドよ」

「違う！　あんたの異名っていうかあだ名だ！」

と、言ってきたので、

「私はデビューしたばっかりだから異名なんてないわ」

と、答えてやったところ、

「だったら異名を付けられるぐらい有名になれ！　私たちが将来『私は有名な傭兵の○○に捕まったことがある』とか自慢できるぐらいに！」

「知らないわよ」

ともかくこうして無事に三姉妹は警察へ引き渡され、彼女達の機体はギルド指定の専門業者に買い取ってもらった。

依頼の完了報告のために傭兵ギルドに戻ってきたものの、あの男性の受付係の人の姿がなかった。

なので仕方なく、近くにいた緑の髪をサイドテールにした受付嬢に声をかけた。

最初に声をかけた厚化粧女のようなことはなく、きちんと対応をしてくれた。

「初依頼達成おめでとうございます。買取業者より機体の代金も送金済みですので、まとめてお支払いいたします。現金（キャッシュ）と情報（データマネー）のどちらがよろしいですか？」

「情報（データマネー）でお願いします」

報酬は『斑猫（ぶちねこ）姉妹』が90万クレジット・戦闘艇が２機で２００万クレジット・貨物船（カーゴシップ）は２５０万クレジットで合計５４０万クレジットになった。

初仕事の報酬としてはなかなか高い方だと実感した。


その日の夕食は、珍しくお母様が腕によりをかけて作ってくれた豪華なものだった。

まあそのおなかいっぱいで幸せな時間に、宿題が手付かずなのをシェリーに指摘されて、慌てて手を付けることになった。

『斑猫姉妹（ぶちねこ）』をおびき出している時にやっておけばよかったのだけれど、やっぱり緊張と興奮ですっかり忘れてしまっていたらしい。

とはいえ簡単な宿題ではあったので、1時間ほどで終了させた。

そしてお風呂に入ったときに、昼間に『斑猫姉妹（ぶちねこ）』の1人に言われたことを思い出していた。

確かに傭兵にとって異名・あだ名は憧れではある。

司教階級（ビショップランク）から使用することを許可されるけれど、異名・あだ名といったものは、他人が自然に言い始めるものだ。

実力も無いのに大層なあだ名を自称することほど恥ずかしいものはない。

とはいえ下手なものを付けられたくないというのもある。

一番無難なのは、戦闘艇に好きなエンブレムをつけておくことだろう。

これならある程度は、自分の好むあだ名に誘導することもできる。

だとすればなにがいいだろうなと考えに考えていた結果、しっかりお風呂でのぼせてしまい、お母様とシェリーにこってりと絞られたのは失態だったわね。

週明けの月曜日の朝。

星立エギビリス学園高等部・1-Dの教室の自分の席で、私はどんなエンブレムを自分の戦闘艇につけようか悩んでいた。

「おはよう。悩んでるみたいだけどなんかあったの？」

そんな私に声をかけてきたのは、昔私からシェリーを奪おうとしたマイカ・フィーニダス伯爵令嬢だった。

「ねえ。可愛くて格好いい動物ってなんか思いつく？」

お風呂でのぼせる前に考えていたのは、動物のエンブレムを戦闘艇に描いておくことだ。

それなら実力を認められた時に、その動物にちなんだあだ名がつくはずよね。

そう考えるとどんな動物にしようか悩んでしまう。

「それならネコ科の動物じゃない？　豹とかチーターとか」

「そうよねえ……。あの辺りは可愛いし格好いいわよね……」

「まあ貴女の場合は虎よね♪」

「誰が虎よ！」

シェリーを奪おうとした時点ではかなり仲が悪かったけど、今ではそれなりにつきあいがあって、これぐらいの事なら言い合える仲にはなっている。

「そんなに気になるなら動物園にいって本物を見てくれればいいじゃない」

マイカの言葉に納得した私は、放課後に惑星イフコーゼス星立ホトル動物園に行ってみる事にした。

「あそこの動物園、この前熊と象と豹の赤ちゃんが産まれたんだって！」

放課後シェリーに連絡して車をまわしてもらい、休み時間に仕入れた動物達の情報に思わず頬を緩めつつ、制服のままで動物園に向かう。

その車の中に、なぜかマイカ・フィーニダス伯爵令嬢が同乗していた。

「ちょっとマイカ！　なんで貴女が私の車に乗ってるのよ！」

「私もちょっと行ってみたくなったのよ。熊と象と豹の赤ちゃんは私も見たいわ」

この子は言い出すと簡単には諦めないから、連れていくしかない。

なにより、ティウルサッド子爵家より上位貴族なので、誘拐されたとか言われればこちらが不利になる。

「お久しぶりでございます。マイカ様」

「久しぶりねシェリー。去年の夏以来かしら？」

「はい。それぐらいになりますでしょうか」

「この女のところが嫌になったらいつでもうちに来なさい。歓迎するわ」

「お気持ちだけいただいておきます」

因みにマイカは、未だにシェリーを完全には諦めていないらしく、会うたびに勧誘をしてくる。

流石（さすが）に子供のころとは違い、親の権力を使って取り上げようとはしないだけマシだけれど。

到着すると、平日の夕方だというのに、熊と象と豹の赤ちゃん目当ての来園者がけっこういた。

もちろん私達も園内移動用の移動板（プラットフォーム）でそれぞれのブースに向かった。

くだんの赤ちゃん達は、熊はぬいぐるみサイズだし、象は生まれたばかりなのにしっかりと母親の後をついて回っているし、クジが当たって抱っこまでさせて貰（もら）えた豹の赤ちゃんは、完全な猫状態で本当に可愛かった。

ほかにも様々な動物を見て回り、ふれあいブースでは、なぜかいたハシビロコウに触れて非常に満足した。

その後はお土産を売っているブースにむかい、ぬいぐるみやホログラムカードなどを数点購入した。

そして帰りの車（エア・カー）の中、

「決めた。エンブレムはこの子にする」

お土産に買った豹の赤ちゃんのぬいぐるみを抱っこしながら、自分の機体に付けるエンブレムを決めた。

色々悩んだけど、こういうのはその場のノリみたいなもので決めた方がいい感じがする。

「そういえば朝に悩んでたのって、貴女の戦闘艇に付けるエンブレムの事だったの？」

マイカが熊のぬいぐるみを抱っこしながら、今朝のことを尋ねてきた。

「そうよ。どうせなら可愛さと格好良さが一緒にあった方がいいでしょう」

「まあ、貴女らしいわよね」

マイカは呆れたようにため息をつく。

実は私が傭兵になるための両親の説得に、協力してくれたのも彼女だ。

「そうですか。ではこれをつけてみてはいかがですか？」

そう言ってシェリーが荷物から取り出して私の頭に乗せたのは、豹の耳のカチューシャだった。

これ確かお土産のブースに売ってたやつよね？

「ちょっと！　こんなのいつ買ってきたのよ？」

「お嬢様に似合いそうなので買っておきました。これなら親子に見えますよ」

「可愛いじゃない。まさに女豹ね女豹」

マイカはけらけら笑いながら汎用端末を私に向けていた。

「マイカ様には熊耳がありますよ」

その隙に、シェリーがマイカの頭に熊耳のついたカチューシャを乗せた。

「そっちも可愛いじゃないの。熊女」

お返しとばかりに私もマイカに汎用端末を向けてやる。

その後は車内ではしゃぎながら家に帰ったのをよく覚えている。

思えばあの時から、シェリーが私をからかう事が多くなった気がする。

もちろん私が本気で嫌がっているならしないけれど、そうでないならグイグイくることがある。

「お嬢様。オーバーホールが終了しました」

そんな昔の事を思い出していると、女性の作業員の一人が事務所にやってきて、オーバーホールの終了を報(しら)せてくれた。

「ありがとう。なにか変更したところはある？」

「磨耗してた部品の交換ぐらいですね」

「じゃあ、燃料と弾薬を補給したら『ウリクモ』に載せておいてね」

「わかりました」

その作業員が出ていくと同時にシェリーが事務所に入ってくる。

「あの人達もずいぶん丸くなりましたね」

「そうね」

実はさっきの女性作業員は、私が初仕事で捕まえた『斑猫(ぶちねこ)三姉妹』の三女のメーショだ。

彼女達『斑猫(ぶちねこ)三姉妹』は被害額が少額だったのと、殺人などはしていなかったこと、彼女達が海賊を始めた理由から多少の情状酌量の余地があり、懲役3年という判決がくだされた。

因みに彼女達が海賊を始めた理由は、事故で亡くなった両親が作った借金を返すためだったらしい。

なまじっか戦闘艇の操縦や機械修理ができたり、本来は輸送用の貨物船(カーゴシップ)と護衛用の戦闘艇が遺産として残っており、怪しげな接客業に就くよりはと考えて海賊を始めたらしい。

彼女達はしっかりと刑期を務めた後、お父様が更生者保護支援活動をしていたことから、3人ともティウルサッド・コーポレーションに就職した。

現在は、三女のメーショは整備士、次女のシアルは警備員、長女ミルケは会計課で働いている。

彼女達が私の戦闘艇のエンブレムを見た時、「私達のパクった?」と、言われたときはちょっとカチンときたのは間違いなかった。

因みにあの時の豹の赤ちゃんは、公募でクレアと名付けられ、去年には子供を産んでお母さんになっていた。

【特別編】2

憧れ

プラネットレースには、様々なスポンサー企業が、プラネットレース全体や、各チームに様々な形で出資をしている。

その見返りの一つとして、プラネットレース業界全体や各チームのメンバーが、その企業のコマーシャルやポスターなどのイメージキャラクターに起用されることがある。

私も過去に何回か起用してもらったことがあり、今回は、化粧品(コスメ)・スキンケア用品・ヘアケア用品等の美容用品の総合販売メーカー『シルフィードゴスペル』が、自社の様々な技術を集約した、エステサロン・ブティック・スポーツジムなどを含めた女性のための美容サポートプロジェクト事業なるものを展開することになり、そのコマーシャルやポスターに使用するイメージキャラクターに、20人ほどの女性のプラネットレーサーが起用され、その中に私とアエロが選ばれたのだ。

撮影は1日がかりでおこなわれるらしく、最初は私達(たち)の普段の姿を撮りたいからと、首都から一番近い、8546万kmほどしか離れていない、惑星ケワットトレイドで模擬レースを実施し、その様子をチームごとに用意された撮影クルーが撮影するといったものらしい。

模擬レースの会場になった惑星ケワットトレイドは、硬い岩石の地表を持った惑星で、海は無く、酸化鉄（赤さび）を大量に含む赤い地表が広がっており、半径は約2万㎞ほどの小さな惑星で、起伏が激しい所と平坦（へいたん）な所の差が激しく、プラネットレースのコースとしては基本といった感じのコースで、新人のレーサーはまずここを走らされる。

大気はメタンガスがほとんどで残念ながら居住には向いていない。

私達はいま、その惑星ケワットレイドの地表から1万㎞の位置に浮遊しているレース用の浮遊板基地（プラットフォームベース）内部にある更衣室に向かっていた。

「感激だわ！」

「何が感激なのよ？」

「あのねスクーナ。『シルフィードゴスペル』っていえば、高級品からリーズナブルまでのコスメを取り揃（そろ）え、スキンケア・ヘアケア・ネイルケア。更に最近は医療用薬品研究にサプリメントまで開発し、女性の美容に関する全てを揃えているといわれるほどの超超有名コスメブランドなのよ！　そこからの企業案件だなんてラッキーでしかないもの！」

アエロは眼（め）をキラキラさせながら私の前を歩いている。

「はいはい。わかったから早いとこ着替えてピットガレージにいくわよ」

「は～い」

更衣室に到着し、パイロットスーツに着替えている間、私とアエロはピリピリとした空気が更衣室に漂っているのを感じ取った。

その空気は実際のレースの本番さながらだ。

私達は手早く着替えを済ませて、自分達のピットガレージに向かった。

「模擬レースだからいつもの戦闘が禁止されているとはいえ、みんなバチバチだったねえ……」

「リラックスしてる私達がおかしく見えるわね」

撮影開始前の集合時に、『シルフィードゴスペル』の広報の人からの話を聞いている時から、私とアエロ以外の人達はみんなピリピリしていた。

模擬レースとはいえ、皆負けたくないのだろう。

因(ちな)みに私達がこうやって話してる姿を、撮影しているのは直径10㎝くらいの浮遊型のまるっこいカメラドロイドだったりする。

ピットガレージに人間が入ると邪魔になるかもしれないし、緊張させるかもしれないからとの配慮らしい。

「これって別のところで撮影スタッフが見てる感じかな?」

「そうなんじゃない?」

「じゃあさ……」

アエロはカメラドロイドを摑(つか)んで、

「こういうのはお宝映像になるのかな?」

私の胸に押し付けてきた。

「うわっ！　ちょっとなにするのよ!?」

私は思わずアエロの腕とカメラドロイドを摑んで引き剝がし、カメラドロイドをアエロに向けて放り投げた。

その投げられたカメラドロイドをアエロが避けたために、

「2人とも、そろそろ出走だから準備をきゃっ！」

たまたまやってきた若い女性のマネージャーの胸元に当たった。

当然マネージャーには怒られ、衝撃で動かなくなったカメラドロイドを持って撮影クルーに謝りに行ったところ、カメラドロイドは安全機能で停止しただけだった。

むしろ、「いい画をありがとう」と御礼を言われてしまった。

ちなみにこの事件があったことで緊張がとれたためか、模擬レースでは私が1位、アエロが2位のワンツーフィニッシュを決める事ができた。


模擬レースが終わるとすぐに『シルフィードゴスペル』本社がある、首都惑星ハインに移動となった。

ハイン到着後は『シルフィードゴスペル』の本社内部にある多目的ホールで昼食となった。

「今回は我が社がスポーツジム事業の展開にあたり開発したダイエット及びローカロリーフードの

試食会を兼ねております。モータースポーツアスリートである皆様は、独自のダイエットフード・ローカロリーフードをお持ちだと思います。そのなかに、我が社の商品が仲間入りできればありがたいと思っております。バイキング方式になっておりますのでご自由にお召し上がりください。そしてご意見があれば遠慮なくおっしゃってください」

広報担当者の説明が終わると、それぞれ興味のある料理を取りに行き、好きなテーブルに座って食べ始める。

「こういうのって味はいまいちってのが大概だけど、これは美味しいわね！」

私は野菜がゴロゴロと入ったホワイトシチュー・ロールパン・グリルソーセージ・グリーンサラダをチョイスし、

「ダイエットフードでミートローフなんて信じられないよね♪」

アエロは大量のミートローフとデミグラスソースに、玉子焼のサンドイッチとコーンポタージュを持ってきていた。

なお昼間であることからアルコールの類いはなかった。

「あらあら。庶民がずいぶんとはしゃいでますこと」

そうやって食事を楽しんでいるときに、嫌みっぽく声をかけてきたのは、チーム『ヴァイオレットドラゴン』のエースであり、伯爵令嬢でもあるプリセリセル・アリラウス・ファリナー選手だった。

「こんにちはファリナーさん。さっきのレースは白熱しましたね」

私は愛想笑いをしながらも、チクリと仕返しを混ぜた挨拶をした。

「まあ所詮は模擬レースですからね。本番ではこうはいきませんわ。あ、隣よろしくて?」

しかし、ファリナー選手はなぜか私の真横に座ってきた。

「相変わらず無駄にえらそうよね。この縦ロール無しお嬢様は!」

「お嬢様だから縦ロールにしないといけないって法律はないでしょう!」

「えー。お嬢様っていえば縦ロールなのに!」

アエロがファリナーさんに絡むと、彼女はムキになって返してくる。

この2人、相性が悪いのか大抵こんな感じだけど、案外仲が良さそうにも見えるのが不思議だ。

「でも仕方ないいんだよー。プリちゃんてば縦ロールも横ロールも似合わないからね〜」

「リリンさん! 貴女(あなた)どっちの味方なのよ! あと横ロールってなに!?」

ファリナーさんの後ろから現れたのは彼女と同じチームのリリン・フレットライン選手。

明るくフランクな態度とは裏腹に、堅実な走りがウリだ。

「まーまー。気にしない気にしない。さ、ごはん食べようよ」

フレットラインさんも席に座り、食事を始める。

「私は普段から一流のシェフと栄養士に任せていますから、たまにはこういう食事も面白いですわね。それにしても『シルフィードゴスペル』はコスメやスキンケア用品だけではなく、このような分野にも造詣が深かったのですね」

そういうファリナーさんが食べているのは、オムライスとエビフライとポテトサラダだった。

フレットラインさんはというと、チョコレートケーキにプリンにフルーツゼリー、クッキーに梨のタルトにヨーグルトムース。さらにアイスクリームにコーラというデザート三昧だった。

本人は実に美味しそうに食べていたが、私とアエロとファリナーさんは若干引いてしまった。


昼食が終わっての次の撮影は、『シルフィードゴスペル』本社ビル内部にある1階と2階を使用した吹き抜けのある直営店舗で、コスメやスキンケア・ヘアケア用品の売り場を見て回ったり買い物をしたりしているのを、何台ものカメラドロイドで撮影するというものだった。

さらに3・4・5階は以前はオフィスであったのを、今回の事業のために専用の撮影スタジオ・ブティック・エステサロン・ヘアサロン・ネイルサロン・スポーツジムに改装したらしい。

6階から最上階の30階まではオフィスのままで、地下には新しく建築した倉庫や駐車場があるそうだ。

「本社ビルにある直営店の貸し切り状態！　これは嬉(うれ)しいわよね！」

アエロはまたも興奮しはじめ、辺りをキョロキョロと見渡していた。

「まあ、私達20人以外はお客さんはいないけど」

「たしかにここの貸し切りは、現皇帝陛下以外では初めてでしょうね」

「別にプリちゃんが貸しきったわけじゃないでしょ」

そしてなぜか、ファリナーさんとフレットラインさんが私達と一緒に行動をしている。

「私はいつもここを利用していますが、貴女達は初めてなんでしょう?」

そしてファリナーさんが何故かマウントをとってくるけど、正直な話、私達プラネットレーサーの収入ならある程度のものは購入できるし、私ならレースの賞金が有るからなおさらだ。

とは言え物凄く高いものは天井知らずだし、引いてしまうのも間違いはない。

そんな事を考えながら、ふとショーケースに並べられた30㎖ほどの瓶に入った美容液の値段を見てみたところ、なんと35万クレジットと書いてあった。

これだけあれば、学生時代によく行っていた『スターダストハンバーガー』ならどれだけ食べられるんだろうなんて考えしまう。

たとえお金があっても、こういうものに気後れする時点で育ちの差がでるものだと思いしることとなった。

「それにしても、みんな勝手に回ったり見たりしてるけど、こんなのでコマーシャルになるわけ?」

おおよそコマーシャル撮影とは思えない状態に、アエロが周りで浮いているカメラドロイド達をつつきはじめる。

「もちろんですよ。皆様が自然に買い物をする姿を撮影し、それを他のお客様に見ていただいて、購買意欲を刺激するのが目的なのですから」

そう声をかけてきたのは、きっちりしたブランドのスーツを身に着け、エメラルドグリーンの長い髪を1本お下げにした、私達と年齢の変わらない女性だった。

「初めまして。私は『シルフィードゴスペル』代表取締役社長のエリアナ・アーノイドともうします」

その挨拶に私達4人はもちろん、周りにいた人達も驚いた。

てっきり広報の人だと思っていたのに、まさかの社長さんだったとは。

全員が固まっているなか、最初に復活したのはファリナーさんだった。

「ご丁寧にどうも。プリセリセル・アリラウス・ファリナーですわ。まさかこんなに若い方が取締役とは思いもよりませんでした」

『シルフィードゴスペル』くらいの大企業のトップが若い人というのは、あり得ない話ではない。

先代が引退してお子さんであるこの人が継いだのだろう。

そう納得しようとした矢先、

「いえいえ。こう見えても貴女方と同年代の息子がいるんですよ」

「「「「え!?」」」」

目の前の若い社長さんが、とんでもない爆弾を落としてきた。

どうみても私達と同い年にしか見えないのに、私達と同年代の息子がいる?

私達の驚きの言葉に、残りのレーサー達はもちろん、チームのマネージャーや付き人、撮影クルーまでもがアーノイド社長に視線を向けた。

平然としているのは『シルフィードゴスペル』の社員さん達だけだった。

「あの……全身を儀体にしなければならないお怪我か何かなさったんですか？」

フレットラインさんが、全員が聞きたいことを聞いてくれた。

全身儀体であるなら、この外見は十分に納得ができるからだ。

「いいえ。ちゃんと生身の身体ですよ。これも我が社のスキンケア用品のおかげです」

しかし期待した答えではなく、ある意味聞きたくなかった事実を、社長さんはくすくすと笑いながら答えた。

それを聞いて、社長さんと社員さんと私達を除いた、その場にいた全ての女性が、撮影というのを忘れて一斉にスキンケア用品売り場のところに群がっていった。

「私達使うより、社長さんがコマーシャルに出た方がいいんじゃないかなあ……」

フレットラインさんの言葉に、その場にいた私を含めた3人はウンウンと納得した。

なお、私も思わずスキンケア用品を買い込んでしまった。

まあ35万クレジットのは買わなかったけど……。


その後はエステ体験となっていたので、エステサロンがあるフロアに向かった。

このエステ体験の終了と同時に、衣装を着てのポスター撮影が開始になる。

エステ自体正直初めてなので、物凄く緊張する。

何よりも全裸にバスローブだけというのが本当に恥ずかしい。

「ほら。このエリアには女性しかいないし、カメラドロイドもいないから大丈夫だって」

アエロは慣れているのか平然としていたけど、私はやっぱり恥ずかしくてしかたない。

「やっぱりチームドクターのウェブラスさんのマッサージとは違うんだよね？」

「確かにあのおばちゃん先生のマッサージは効くけども！　それといっしょにしない！」

そんな話をしているうちに順番が回ってきた。

施術台に寝かされ、いろんなオイルやらクリームやらで身体をマッサージされるのは初めてだったけど、疲れや身体のこりなんかも良くなったし、肌も艶々（つやつや）になり、本当に気持ちがよかった。


それが終われば、そのまま個人のポスター撮影になる。

まず私が着せられたのは、何故か男物のスーツ一式だった。

もちろん質問した。

「パンツスーツならともかく、なんで男物なんですか!?」

「その……女性用のパンツスーツが間に合わなくて仕方なく……。あ、もちろんちゃんとレディースはご用意はしてありますから」

そう言い訳するスタイリストさんが目を合わせないので、明らかに嘘（うそ）だと感じた。

その撮影の様子に、他のチームの選手やマネージャーや付き人の人達、『シルフィードゴスペル』のスタッフ、撮影クルーの女性スタッフまで、私に熱い視線を送ってくる。

ファリナーさんに至っては、自分のツールで一心不乱に撮影していたりする。

まあこうなるとは思ってたけどね。

そしてその格好で何枚か撮り終わると、別のスタイリストさんが話しかけてきた。

「ノスワイルさん。何か試してみたいファッションとかヘアスタイルはありますか？」

手元の板状端末(タブレット)で、様々な衣装や髪型のカタログを見せてくれた。

「そうですね……。ずっとショートだったので、ロングにしてみたい……かな」

髪を伸ばしていたのは小学生の低学年ぐらいまでで、それ以降は似合うからと言われてずっとショートにしていたから、ロングにはちょっと憧れがあったりする。

「それなら、是非お試しいただきたいものがあるんですよ！」

そう言ってスタイリストさんが自信満々で案内してくれたのは、エステサロンの奥にあった病院の治療室のような所だった。

「こちらへどうぞ」

治療室のような所にいた白衣の女性が座るように示したのは、美容院にあるような椅子だった。

その近くには、コンソールとモニターがついた髪を洗うためのシンクのようなものがあり、その横には、乳白色の液体が入った透明なポリタンクが置いてあった。

「これが、我が『シルフィードゴスペル』が開発した最新型のヘアーエクステンション『女神の奇跡』です！」

スタイリストさんは、かなり興奮しながら乳白色の液体の入った透明なポリタンクをドヤ顔で見せつけてくる。

しかしどう見ても、髪の毛の増量に関係するものには見えない。

「百聞は一見に如かず。早速やってみましょう」

私は白衣の女性に促されるままに、美容室にあるような椅子に座る。

すると背もたれを倒して水平になる、いわゆる仰向けで髪を洗う体勢になった。

「では、施術をしていきますね」

白衣の女性は私の頭の髪の毛がある部分にだけ乳白色の液体をかけると、後頭部が乳白色の液体に浸された。

「ではそのまま5分ほど動かないでくださいね。今から信号を流しますから」

白衣の女性がコンソールに集中し始めたので、言われるがままに動かないようにした。

アラームが鳴ると、白衣の人とスタイリストさんがやってきて、

「身体を起こして見てください」

そう言われて身体を起こすと、頭が重かった。

スタイリストさんが鏡を見せてくれたので、自分の姿を確認してみると、私の短かった髪が、腰

の上まであるロングヘアーになっていた。

一体どういう事なのか混乱していると、

「我が社が開発したこの乳白色の液体『女神の奇跡』は髪の毛に付着すると、その髪の先端から高質化し、もとの髪の毛と同一化する細胞型ナノマシンです。コンソールからの設定で長さや色は自由に変えられます。将来的には男性の髪の悩みや、薬の副作用等で髪の毛が抜け落ちた状態の皮膚にある毛穴から発生できるように研究中です」

私は長くなった自分の髪の毛をさわり、思わず感激してしまった。

そうしてスタジオに戻ってきたときには、全員がもの凄く驚いてくれた。

それからは、今までしたことがないポニーテールや編み込みお下げなどのヘアスタイルと同時に、ロングのフレアースカートや、ワンピースやニットといった普段は着ない服装を、飽きるまで着たおさせてもらい、記念にデータをコピーしてもらったりした。

とは言え、アエロに着せられたゴスロリツインテールはさすがにNGだったけど。

「やっぱりスクーナがロングヘアなのは違和感あるわ～」

撮影がひとしきり終わって自分の服に着替えたあとも、アエロが長くなった私の髪をいじっていた。

「私としてはずっとこのままがいいんだけど、これってはずしたりは出来るんですか？」

この長い髪をそのままにしたいと思うと同時に、短い方がレースをする分にはいいかなと思ってしまう。

エクステというなら取り外しもできるのかなと、スタイリストさんに尋ねてみたところ、

「もちろん出来ますよ」

そう言うとスタイリストさんは、私の髪をヘアゴムで纏め、白衣の女性から預かったらしいスプレーを吹き付けた。

「まずは伸びた分の髪をこうやって縛って、専用のリムーバーをスプレーで塗布して10秒ほど待てば……ほら一発です！」

スタイリストさんがそう言った瞬間に頭が軽くなった。

見ると、スタイリストさんの手には、さっきまで私の髪だったものが握られていた。

偽物とはいえ髪の毛がごっそり抜けるのは、なかなかショッキングな光景だったし、ちょっと残念な気持ちになった。

後日発表されたＣＭは素敵な感じになっていたけれど、ポスターの方はクレームをいれたくなった。

レーサー1人に対して2パターンのポスターがあり、右側は必ずレーシングスーツ、左側が『シルフィードゴスペル』の美容プランで変身した姿というコンセプトなのだけど、他の人は普通に可愛い服装なのに、何故か私は男物のスーツとゴスロリツインテールのものだった。

あとがき

はじめましての方ははじめまして。知ってる人はお久しぶりでございます。

なんとか第三巻が発売となり、出版社の方々、イラストレーターのハム様、読者の方々と色々なところにお礼申し上げます。

時に私事で恐縮なのですが、生まれて初めて確定申告に行きました。

何というか病院の待合室みたいな空気が充満しているにもかかわらず、業務の関係上子供の姿もなく、ただ粛々と人の動きがあり、パソコンのキーボードと書類用のペンの走る音だけが聞こえる不思議な空間でした。おまけに書類も複雑で何が何やら……。

しかも、会場に入るまでに二時間待ち、それからすべての処理が終了するまで約三時間というひたすら忍耐の時間でした。

しかし、この作品が認められて出版されなければこのような事を体験する事も無かったと思うと、何となくうれしいものに思えてくるのが不思議です。

次巻がぜひとも出版できますように……

土竜（とりゅう）

キモオタモブ傭兵は、身の程を弁(わきま)える 3

発行　2024年7月25日　初版第一刷発行

著者　土竜

イラスト　ハム

発行者　永田勝治

発行所　株式会社オーバーラップ
〒141-0031
東京都品川区西五反田8-1-5

校正・DTP　株式会社鷗来堂

印刷・製本　大日本印刷株式会社

ISBN　978-4-8240-0889-3 C0093

【オーバーラップ　カスタマーサポート】
電話　03-6219-0850
受付時間　10時～18時(土日祝日をのぞく)

作品のご感想、ファンレターをお待ちしています

あて先:〒141-0031　東京都品川区西五反田8-1-5 五反田光和ビル4階　ライトノベル編集部
「土竜」先生係／「ハム」先生係

スマホ、PCからWEBアンケートにご協力ください

アンケートにご協力いただいた方には、下記スペシャルコンテンツをプレゼントします。
★本書イラストの「無料壁紙」　★毎月10名様に抽選で「図書カード(1000円分)」

公式HPもしくは左記の二次元バーコードまたはURLよりアクセスしてください。
▶ **https://over-lap.co.jp/824008893**
※スマートフォンとPCからのアクセスにのみ対応しております。
※サイトへのアクセスや登録時に発生する通信費等はご負担ください。

オーバーラップノベルス公式HP ▶ **https://over-lap.co.jp/lnv/**